poupette marie eder
Bittere Leere

poupette marie eder

Bittere Leere

tredition

Die Deutsche Nationalbibliothek verzeichnet diese Publikation in der Deutschen Nationalbibliografie; detaillierte bibliografische Daten sind im Internet unter: http://dnb.d-nb.de abrufbar.

1.Auflage
© 2017 Poupette Marie Eder
Verlag tredition GmbH, Hamburg
Alle Rechte vorbehalten.
Umschlaggestaltung: Autorin
Lektorat/Satz/Layout: Heike Deschle
Printed in Germany 2017

Hardcover: (D) Euro 17,99
ISBN: 978-3-7439-7655-9

Paperback: (D) Euro 8,99
ISBN: 978-3-7439-7654-2

e-Book: (D) Euro 2,99
ISBN: 978-3-7439-7656-6

Danksagung

Mein erster Dank gilt meiner Freundin Celly, die mich immer wieder anspornte, alles aufzuschreiben, was mich bewegt. Ich beschloss ein Buch zu schreiben, und schrieb und schrieb. Wir trafen uns drei bis vier Mal pro Woche und ich zeigte ihr meine Notizen. Wir korrigierten und verbesserten, ich formulierte und schrieb neu, bis ich irgendwann die Nase voll hatte und nicht mehr weiter wusste ...

... und auf eine brillante Lektorin traf, Heike Deschle. Ihr gab ich meinen fünf Mal überarbeiteten Rohschnitt in die Hände und wir formten gemeinsam dieses, wie ich finde, „meisterhafte" Buch, meine Anerkennung gilt ihr.

Viel Liebe und Dankbarkeit an meine Tochter Liz, die es mir erlaubte, ihre Charakterzüge in Zeilen zu verfassen.

Dank sagen möchte ich auch meiner Schwester Nanny, die immer da war, wenn ich sie brauchte.

Dank allen Personen, die mich durch beschwingte und bedrückende Lebenssituationen begleiteten.

Poupette Marie Eder

Mit der Leichtigkeit des Sommers

Wenn das Wetter es zuließ, verbrachte ich jeden Sommer mit Freunden auf einem Grundstück am Stadtrand von Markburg. Auf dem fast siebenhundert Quadratmeter großen Anwesen wohnten wir in einem zweistöckigen selbstangefertigten Holzhaus, das an einem kleinen See lag, versteckt hinter wucherndem Schilf. In der Mitte des Sees hatte der Eigentümer – ein guter Freund namens Henner – ein Revier für Enten und Schwäne gebaut, die den Sommer über hier ihr Gefieder pflegten und sich um ihren Nachwuchs kümmerten …

Dieses Jahr hatte der Sommer schon zeitig begonnen, auch heute knallte die Sonne wieder vom Himmel und keiner konnte der Hitze entkommen. Jeder versuchte ein schattiges Plätzchen zu ergattern, unter einem Baum oder dem Vordach des Hauses. Sogar am Eingang des Kellers wurden Decken und Kissen ausgebreitet, um wenigstens noch bis zum geplanten Grillabend durchzuhalten.

Die Zeit floss träge dahin und als ich mal wieder zur Uhr blinzelte, war es bereits um drei. So allmählich rappelten sich dann auch alle auf und traten wie in Trance den für den Abend bevorstehenden Vorbereitungen entgegen. Meine Aufgabe bestand darin, den Salat zu bereiten und so eilte ich schließlich schnurstracks in die Küche, die sich im Erdgeschoss des Hauses befand, legte mir alles, was ich an Zutaten und Küchengeräten brauchte, zurecht und machte mich an die Arbeit. Ab und zu schweiften meine Blicke raus zu den anderen, um zu prüfen, ob sie nach festgelegter Richtlinie kreativ und flexibel ihren gestellten Aufgaben nachkamen.

Nach genau sechsundzwanzig Minuten war mein traditioneller Gemüsesalat fertig. Ich schnappte mir die bis zum Rand gefüllte Schüssel – es sollte immerhin für fünfzehn Personen reichen – und verließ das Haus.

„Überraschung!", rief ich fröhlich, als ich auf die Wiese trat. Aber keiner lenkte so richtig ein und lobte mich wenigstens mal kurz. Na ja, es wurde eben als Selbstverständlichkeit angesehen. – Ich staunte jedoch nicht schlecht, wie alles allmählich Form angenommen hatte. Der Tisch war von den anderen Gästen – ein paar Kumpels von Benno und Arbeitskollegen von Henner – sehr hübsch mit den von ihnen mitgebrachten Speisen eingedeckt worden und der Grill bereits voll bestückt mit Würstchen, Fleisch und ausgewählten Fischspezialitäten.

„Nu groußardsch!", brummelte es sächselnd neben mir. Nanny, meine Schwester, strahlte mich mit einem herzlichen Lächeln an. Sie lebte mit ihrem Mann Benno, einem Bundeswehrsoldaten, und ihrem zwölfjährigen Sohn Sandro in Markburg. Mein geliebter Neffe Sandro …

Als Sandro neun Jahre alt war, erlitt er plötzlich einen bösen Anfall, als er eines Tages bei seiner Oma übernachtete. Sandro schlief bei ihr im Ehebett und Oma hielt seine Hand fest. Im Schlaf verkrampfte sich mit einemmal sein kleiner Körper und er stöhnte schwer. Am nächsten Tag erzählte Oma das Geschehen Nanny. Keiner wusste so recht, was das bedeutete, wir hielten es für einen einmaligen Vorfall. Aber die Krämpfe häuften sich: zumeist bei Nacht ereilten ihn zwei, drei, gar vier oder fünf Anfälle, die in der Regel zwanzig bis dreißig Sekunden andauerten. Sandro bekam davon nichts mit. Allerdings brauchte er immer eine gewisse Zeit, bis er das Bewusstsein wieder erlangte und war dann völlig erschöpft, als käme er direkt von einem Zehn-Kampf. Danach musste er längere Zeit schlafen, um sich überhaupt wieder zurechtzufinden. Sandro wurde verschiedensten Untersuchungen unterzogen, er nahm diverse Medikamente und ließ zahlreiche Klinikaufenthalte über sich ergehen. Nannys psychischer Zustand in jener Zeit war beängstigend und ein Antidepressivum wurde zu ihrem täglichen Begleiter. Es war für unsere ganze Familie ein Höllentrip. Bald traten die Anfälle auch tagsüber auf: beim Essen, Trinken, beim Spazieren gehen, in der Schule. Nach dutzenden Klinikbesuchen über ganz Deutschland verteilt und zig Therapieversuchen, wurde uns nach zwei Jahren endlich der Befund mitgeteilt: Der Auslöser der Anfälle befindet sich vermutlich in seiner linken Gehirnhälfte und wird sich eventuell in der Pubertät zurückbilden, — was wir ihm von ganzem Herzen wünschen, doch bis dahin bleibt er unser aller Sorgenkind.

Es berührt mich immer wieder, wenn ich über das Schicksal des kleinen Sandro nachdenke. Die Sorge um dieses tapfere Kerlchen, der doch sein ganzes Leben noch vor sich hat, wiegt schwer und ist immer präsent. Ihm gilt meine größte Bewunderung, wenn ich sehe, mit welcher Leichtigkeit und Lebensfreude er diese Kräfte zehrende und zerstörende Krankheit erträgt. Ich ersehne sehr, dass ein Schutzengel ihn Tag und Nacht behütet und ihm den Lebenswillen und die Energie schenkt, die er braucht und die er verdient, wie jeder Mensch auf dieser Erde.

*

„Bissde ferdsch middm Sallad forr dausnd Leide? Isch hoffe, duh hasdsch nisch übberarbeeded."

„Was soll das denn jetzt heißen?" Ich verleierte die Augen, ich war eh schon ein wenig angekratzt vom vielen Salatschneiden.

„Forrschdehsde keen Schpoß? Dei Humor muss 'sch doch ooch forrschdehn."

„Hm, klar doch, mein Schwesterherz, hättest mir ja auch helfen können!", sagte ich mit huldvollem Zwinkern.

Unsere Grillmaster Hendrick und Otto, beides Freunde von Henner, baten uns jetzt an die Partytafel und servierten die fertigen Leckerbissen. Otto legte mir gleich die erste Bratwurst auf den Pappteller, der bereits halbvoll mit Salat war. Die Wurst sah ziemlich verkohlt aus und ich lästerte Stirn runzelnd, aber noch nett, wenn auch mit ironischem Unterton: „Sag mal, Otto, dieses verbrannte Etwas hat wohl genauso lange in der glühenden Energieeinstrahlung gelegen wie dein Gesicht? Hast wohl vorhin in den Mittagsstunden kein schattiges Örtchen gefunden?", grinste ich ihm zu. Daraufhin brach ein schallendes Gelächter aus und Otto ging sofort in die Verteidigung:

„Was wären wir nur ohne dich, Polly!"

Ach ja, bei solchem Geflaxe fühlte ich mich so richtig wohl und in meinem Element. Ich feixte in mich hinein, nahm mir ein Stück des wohlriechenden Lachs' und legte das verkohlte Etwas zurück.

Mhm, was für ein himmlischer Abend! Die Sonne warf ein letztes rötlichgelbes Licht über das Land, nicht mehr lange und sie würde hinter den Silhouetten der Bäume verschwunden sein. Ich ließ meine Gedanken weiter schweifen, während Henner, unser Gastgeber, der dem Aussehen nach D'Artagnan glich, das machte, was er immer gern tat, sobald es zu dämmern begann. Er legte die vorher gesammelten Holzscheite in die offene Feuerstelle und machte es uns so richtig gemütlich. Die Zeit verging wie im Fluge und als ich nach der Uhr sah, war es schon nach neun. Ich konzentrierte mich wieder auf die Gesellschaft und stellte bei einem Blick auf den Tisch fest, dass mein „Getränke-Spender" reichlich an Inhalt verloren hatte – ich fixierte den nackten Boden der Weinflasche. Das hatte auch meine Freundin Celly, die rechts neben mir saß, bemerkt.

„Polly? Gehst du jetzt in die Küche oder fährst du nach Hause?", kicherte sie, weil sie genau wusste, welche Entscheidung ich bevorzugen würde.

„Mensch, Celly, du kennst doch das Sprichwort: Wein macht rein! – Also, was soll's …"

Ich erhob mich und holte noch ein Fläschl – mein Kehlchen sollte doch nicht austrocknen. Als ich wiederkam, sah ich mit Erstaunen, dass ein neuer Gast meinen Sitzplatz eingenommen hatte. Wieso hatte Celly nicht auf die Sitzordnung geachtet?! Ach so, sie stand mit Henner auf der Wiese und die beiden hatten sich wohl in ein interessantes Thema verbissen.

Ich habe ja eine ganz eigene Meinung zu Menna, die sich nun auf meinem Stuhl breit gemacht hatte. Sie ist Anfang vierzig und ziemlich groß, aber dennoch schmächtig gebaut, ihre Brüste sind aufgespritzt, das schwarze Haar trägt sie kurz. Sie arbeitet in einem Landwirtschaftsbetrieb im Kuhstall. Ich akzeptiere sie, doch schenke ihr kaum Beachtung oder Aufmerksamkeit. Mich machen ihre aufgesetzten Blicke nervös, die von Person zu Person wandern und keine Wärme ausstrahlen.

Ich lief zum Tisch, an dem gerade wieder ein Platz frei wurde, weil Nanny zur Toilette ging. Das war für mich eine fixe Gelegenheit, einen Stuhl zu ergattern. Somit blieb mir aber auch nichts anderes übrig, als mich neben dieses unreelle Frauenzimmer zu setzen. Ich stellte die Flasche Rotwein auf den Tisch und schenkte mir ein Glas ein. Gleichzeitig stieß ein spitzer Ellenbogen an meinen rechten Oberarm. Ganz und gar auf das Einschenken konzentriert, zuckte ich zusammen und sagte wütend:

„Aua, spinnst du?"

„Guten Abend! Ach, Miss Dehnhardt, tut mir leid – ääh … äähm, ich wollte dich nicht so hart mit einem Armpiekser begrüßen." – Notgedrungen erwiderte ich den Gruß und nahm erst mal einen Hieb von meinem Schoppen.

„Und, schmeckt's? Alles klar, meine Polly?!", gellte es zwei Stühle weiter. Celly hatte sich wieder zur Gruppe gesellt, sie wurde auch Hippie genannt, wegen ihrer Haare, die bis zum Ellenbogen reichten und der kleinen Brille auf der Nase. Celly war ein Jahr jünger als ich und drückte einst mit meiner Schwester Nanny während der zehn Pflichtjahre die Schulbank. Irgendwie verstanden wir uns beide sehr gut und freundeten uns schon vor Jahren an. Celly arbeitete als Sekretärin in einer kleinen Malerfirma.

„Na, was denkst du denn, hier fehlt's doch an nichts!", erwiderte ich ihr zuprostend. Im gleichen Atemzug bekam ich den zweiten Armpiekser von

„Beautiful-Menna", und ich fürchtete, dass sie mir ein gehaltloses Gespräch aufdrängeln wollte.

„Rauchst du eine mit mir?", so fing sie üblicherweise an, um dem Anfang einen Anfang zu verleihen.

„Na klar, gib mir mal eine von deinen. Danke!"

„Wie geht's so? Schon 'ne neue große Liebe gefunden?"

„Wie immer. Alles bestens und das Singleleben genieße ich erst einmal in vollen Zügen." – Im gleichen Augenblick tippte mich Nanny auf die Schulter, ich war ihr gerade sehr dankbar für ihr Erscheinen, und murmelte:

„Nu, Frau Wischdisch oudorr ooch Frau Middlbungd. Wie viel Weinschn hassde denne schohn?" Ich erwiderte keck grinsend: „Meine Nanny, bist du heute ein bisschen verkrampft? Dann mach doch einfach ein paar tänzerische Lockerungsübungen auf Henners gebastelter Tanzfläche. – Prost, Kleene!"

Ich bin sehr stolz auf mein Schwesterherz, doch solche lieb gemeinten Neckereien kann ich mir selten verkneifen, doch sie nimmt's mir nicht übel, sie kennt mich ja.

„Eh, Nanny, warte mal! Warst du schon wieder beim Friseur? Irgendwann fallen dir mal deine Haare aus, bei deinen ständigen Farbwechseln, und jetzt auch noch drei verschiedene: schwarz-rot-gelb. Stehst du heute hier irgendwo im Tor? Hab ich was verpasst?"

Sie drehte sich kopfschüttelnd um und ging, mein Lachen war nicht zu stoppen. Da schoss Mennas lockeres Mundwerk neben mir los, mit einer Bemerkung, die ich auf Feierlichkeiten schon öfter mal gehört hatte:

„Ja, ja, unsere Schauspielerin ist heute wieder mal ‚in business'. Warum bewirbst du dich nicht einfach irgendwo, um es völlig auszuleben?", fragte sie spitz. Ich schmunzelte und schaute in den sternenklaren Himmel. – Wenn du wüsstest …

Auf Empfehlung eines flüchtigen Bekannten hatte ich mich schon vor längerer Zeit bei der UFA in Potsdam Babelsberg zum Casting vorgestellt. Ich war sehr naiv und unbedarft an diese Sache herangetreten und das Vorsprechen ging tüchtig in die Hose. Das wollte ich aber nicht der Plaudertasche Menna auf die Nase binden. –

Die Party wurde dann noch recht lustig und ging bis spät in die Nacht. Celly und ich „schwankten" gemeinsam nach Hause und am nächsten Morgen erwachte ich mit reichlich Restalkohol und dröhnendem Kopf.

Alles in mir schrie regelrecht nach Vitaminen, Waldluft und vor allem *Ruhe*! Das war nach solch einer Abend-Nacht-Tour ein selbstverständliches Bedürfnis für mich. Doch musste ich heute den Waldspaziergang aufgrund meines zittrigen Zustandes ausfallen lassen. Bevor ich mich aber ungestört auf meinem gemütlichen Sofa ausbreitete, mixte ich mir einen Saft aus verschiedenen Früchten und holte mir eine mollige Decke aus dem Schlafzimmer. Dann stellte ich das Festnetztelefon auf stumm und schaltete mein Handy aus. So nach und nach gingen mir die Gespräche und die verschiedenen Personen des Vorabends durch den unausgenüchterten Kopf: mein Schwesterherz Nanny, mit ihrer manchmal zickigen, aber auch witzigen Art; die mitleidsbedürftige Menna; die anderen Gäste in ihren eigenen Persönlichkeiten auf ihren jeweiligen Niveaus, die ihr Leid und Glück miteinander ausgetauscht hatten. – Dann blieben meine Gedanken hängen … Menna hatte mich wieder an mein Schauspieltalent erinnert. Mich diesem Thema noch einmal zu widmen war vielleicht gar nicht so dumm. Trotz Niederlage bei der UFA. Ich könnte ja diesmal intensiver arbeiten, würde mir ein neues Ziel für die fernere und nähere Zukunft setzen. Andererseits dachte ich aber auch: schon wieder die Künstlerbranche. Wo ich doch sieben Jahre mein Brot im Modelbusiness verdient hatte und irgendwann die Nase voll hatte von dem ständigen Rumkutschieren, dem Perfektaussehen-müssen, den wichtigtuenden Schmarotzern und halbgewalkten Business-Typen, die mit Sex und Drogen ihren Newcomern die oberste Sprosse der Leiter versprachen, um ihnen dann sagen zu können: ‚Jetzt bist du ein Star!' – Ich stiefelte damals mit kaum dreiundzwanzig Jahren über den Laufsteg und war ganz schön naiv. Viele graue Erfahrungen sammelte ich über die Jahre, doch die Einsicht kam erst sehr spät, aber seitdem mache ich diesen Job nur noch hin und wieder aus Lust und Laune, vielleicht mal am Wochenende, um ein paar Mäuse nebenher zu verdienen.

In erster Linie arbeite ich heute freiberuflich, lehre Englisch in kleineren und größeren Firmen und gebe Privatunterricht. Dass ich mich in diesem Geschäftsfeld selbständig machen konnte, verdanke ich einer Frau, mit der ich vor Zeiten eine knapp dreijährige Beziehung führte, die allerdings in einem grässlichen Desaster endete.

Ich weiß noch ganz genau, wie es angefangen hat.

An einem kalten Dezemberabend traf ich eine alte Bekannte wieder, Renata, ungefähr in meinem Alter, mit der ich dereinst im Reitklub trainiert hatte. Zur Feier des Tages gingen wir in ein italienisches Restaurant und plauderten über unsere elfjährige Reitzeit.

Natürlich haben wir uns über den Pferdetritt unterhalten, den ich mit zwölf Jahren abbekommem hatte. Damals trat ein Schimmel-Wallach nach mir und ich hatte seinen Hufabdruck in meinem aufgequollenen Gesicht. Daraufhin durfte ich drei Wochen nicht zum Training und lag fünf Tage mit Gehirnerschütterung im Bett. – Über diese Geschichte amüsierten wir uns köstlich und wärmten auch noch andere Kamellen auf.

Dann erzählte Renata mir von ihrer großen Liebe. Da konnte ich nicht viel mitreden, ich war gerade Single. Außerdem war ihre Liebe eine Frau. Gespannt hörte ich zu, es klang nicht uninteressant.

Nach dem Essen fragte sie mich, ob ich noch Lust hätte, mit ihr in eine Lesben-Diskothek zu kommen. Da ich sowieso nichts anderes vorhatte und auch schon ein wenig angeheitert war, nahm ich ihre Einladung gerne an. Als wir eintrafen war der Laden schon ziemlich voll und Songs aus den Achtzigern wurden gespielt. Es war seltsam und ungewohnt für mich, so viele Frauen auf einmal zu sehen, aber es waren alles wunderschöne Wesen. – Ich bestellte mir ein Bier und stellte mich etwas abseits. Plötzlich wurde ich von einer Frau, die vollständig schwarz gekleidet war, angesprochen:

„Guten Abend! Ich bin Elena."

Vor lauter Schreck sagte ich erstmal gar nichts. Dann kam stammelnd die Antwort über meine bebenden Lippen:

„Po... Po... Polly."

Aufgrund der Lautstärke kam es nicht zu einem intensiven Gespräch, ihre Worte drangen nur abgehackt und undeutlich an mein Ohr. Sie schob mir einen von der Zigarettenschachtel abgerissenen Pappfetzen mit ihrer Handynummer rüber und ich verabschiedete mich hastig. – Es dauerte zwei Tage, dann rief ich sie endlich an. Sie meldete sich mit Vor- und Zunamen.

„Elena Fahrig!"

Sie klang sehr neugierig und wirkte dominant. Wir verabredeten uns für den Nachmittag in einer kleinen Szene-Kneipe in der Stadt. Ich konnte mich kaum noch an ihr Aussehen erinnern, und sie sich wahrscheinlich auch nicht an meins. Sieben Minuten zu früh nahm ich an der leeren Bar Platz und bestellte mir eine Tasse Kräutertee. Den Blick suchend auf die Tür gerichtet stand eine Frau mit schulterlangem dunklem Haar, in schwarzem Blazer und Jeans, mit einem Hauch slawischer Herkunft, im Raum. Das könnte sie sein. Mit einem Handwink gab ich ihr ein Zeichen. Sie kam auf mich zu.

„*Du bist Polly!*" *Ich nickte.*

„*Hallo.*" *Es war eine völlig neue Situation für mich, sie war eine „richtige" lesbische Frau und nicht bisexuell, wie ich. Nach mehreren Enttäuschungen mit Männern, sollte ich es vielleicht mal mit dem anderen Geschlechts versuchen ... Der Lesben-Spruch: Wahre Liebe gibt es nur unter Frauen!, hatte durchaus seinen Reiz. Ob es wirklich das Wahre war, musste ich erst noch herausfinden.*

Wir sprachen zunächst über Geschäftliches und ich berichtete über meine berufliche Situation. Dann erzählte sie, dass sie Englischunterricht für Erwachsene gab und noch Schüler für das bevorstehende einjährige Crash-Seminar suchte. Das passte ja bestens, meine Englisch-Kenntnisse mussten unbedingt aufgefrischt werden. Sie sagte:

„*Der Kurs führt zum Abschluss ‚Europa-Sekretärin'.*"

Das klang nicht schlecht. Ich fand, sie war eine tolle Frau! Und es schien ein tolles Seminar zu sein, das auch noch von ihr geleitet wurde! Was sollte da noch schief gehen? Sie schrieb mir die Adresse der Akademie auf, bei der ich mich schriftlich bewerben sollte, was ich auch gleich am nächsten Morgen in Angriff nahm. Vier Tagen später rief mich Elena an, um nachzufragen, wie es mir ginge und ob sich Frau Witlov von der Akademie schon gemeldet habe.

„*Ja*", *verkündete ich mit Stolz und dankte ihr herzlich für diese Empfehlung.*

Von da an sahen wir uns regelmäßig, sie gab mir zusätzlich Privatunterricht bei sich zu Hause. Emotional kamen wir uns immer näher. Schließlich zog ich zu ihr und vermietete meine Leipziger Wohnung erst einmal für ein halbes Jahr. – Als meine Familie davon erfuhr, drehte sie fast durch und verstand die Welt nicht mehr.

„*Du und eine Frau – das ist ja eine lesbische Beziehung – und deine Tochter? Sie ist doch erst acht, soll sie dort aufwachsen? Bist du verrückt?*", *predigte mir meine Mama. Damals war mir das ziemlich egal, ich glaubte an eine neue glückliche Partnerschaft.*

Doch es kam alles ganz anders. Nach sechs Monaten schon fing Elena an, mir heftige Eifersuchtsszenen zu machen. Überwiegend betraf es meinen Job als Model, den ich weiter nebenher ausübte. Hier hatte ich es natürlich immer mit sehr schönen Frauen zu tun, gab ihr jedoch nie einen Anlass, misstrauisch zu sein. Vergeblich, die Treffen mit meinen Freundinnen Susan und Marlene musste ich einschränken und wenn ich zu meiner Familie fuhr, glaubte sie ständig, ich ginge fremd. Ich fühlte mich eingeengt und kontrolliert von ihr. Trotzdem bauten wir weiter das gemeinsame Geschäft auf und da ich erstmal noch nicht fit genug war, fiel mir nur die Rolle der Untergebenen, der „Untertanin" zu. Und dann führten wir noch zwei weitere mühevolle chaotische Beziehungsjahre.

Jetzt trank Elena täglich eine Flasche Rotwein, manchmal auch zwei, womit sie sich nicht mehr unter Kontrolle hatte und aggressiv wurde. Ohne Grund schrie sie mich dann an und meinte, ich solle verschwinden. Egal zu welcher Tageszeit, auch nachts setzte sie mich skrupellos vor die Tür und da ich meine Wohnung untervermietet hatte, blieb mir nur meine geliebte Schwester, bei der ich jederzeit in meinem niedergeschlagenen Zustand Unterschlupf finden konnte. Elena wurde so bösartig, dass sie mich mitunter brutal gegen die Wand drückte oder mir ins Gesicht schlug.

Ich nährte noch immer die Hoffnung, sie würde sich wieder fangen und normal werden. Ein fataler Irrtum! Als ich dem von ihr ausgeübten Druck nicht mehr standhielt, beendete ich unsere Beziehung, kündigte die Wohnung in Leipzig und zog mit meiner Tochter in eine kleine Dachgeschosswohnung in meiner Heimatstadt Markburg. Ich absolvierte die noch ausstehende staatliche Prüfung mit letzter Kraft und schaffte auch meinen Abschluss. –

Elena gab jedoch keine Ruhe. Sie wollte mich zurückhaben und schrieb mir ellenlange Briefe, sie klingelte mich laufend an und flehte um Entschuldigung. Sie nervte so lange, bis ich schließlich nachgab. Eines Abends gegen zwanzig Uhr ließ ich sie zu mir in die Wohnung. Heulend brach sie in der Küche zusammen. Sie verstand einfach nicht, was sie mir angetan hatte und wollte unbedingt noch mal bei mir übernachten. Mir war zwar sehr mulmig zumute, aber dann empfand ich doch plötzlich wieder Mitleid für sie. Mein Verstand sagte nein, aber mein Herz ja. Also willigte ich ein und sie freute sich wie ein kleines Mädchen. An diesem Abend stellte ich bei ihr keinen Alkoholgenuss fest, vielleicht weil ich sie nicht küsste. Meine Tochter Liz schlief schon und wir lagen wortlos auf dem Sofa. Als ich die Decke aufschüttelte, nahm ich doch einen schwachen Alkoholhauch wahr. In meinem Inneren machte sich ein widerwilliges erbärmliches Gefühl breit und ein dicker Kloß wuchs in meinem Hals. Ich schielte zu Elena rüber und sah diesen beängstigend starren Blick in ihren Augen, mit dem ich im Streit häufig konfrontiert worden war. Mit einem entsetzlich lauten Kreischen rief sie:

„Ich will alle meine Unterlagen zurück!" Was für Unterlagen?, dachte ich mir und bemühte mich um Ruhe. Wie von der Tarantel gestochen sprang sie vom Sofa und stürzte zu meinem Regal, riss wahllos Ordner heraus und fing an, darin herumzuwühlen.

„Lass das, lass das! Warum tust du das? Das ist nicht deine! Wonach suchst du denn?", fragte ich, noch immer zurückhaltend. Jetzt zeigte sie wieder ihre Boshaftigkeit, diese kalte Aggressivität, das Intrigenspiel. – Es begann nun für mich der blanke Psychoterror. Sie wurde tätlich, presste ihre Hand an meiner Kehle, drückte mich gegen die Fensterscheibe, stieß mich die rau verputzte Wand entlang. Dann warf sie meine Grün-

pflanzen um, schmiss sie durch das Wohnzimmer und rastete völlig aus. Sie schrie herum, schlug wild um sich, prügelte auf die Möbel ein und benahm sich äußerst hysterisch.

Meine Tochter Liz erwachte völlig verängstigt und verwirrt von diesem grässlichen Lärm und rief heimlich die Polizei an. Dann kam sie ins Wohnzimmer, wo ich sie schließlich weinend im Türrahmen stehen sah. Ich lief rasch zu ihr, nahm sie fest in die Arme und versuchte sie zu beruhigen. Dabei gestand sie mir flüsternd den Notruf. Unglaublich! Diese kleine Maus, hatte rasch und richtig reagiert. Dass dieser Blitzgedanke ihr in dem Moment durch den Kopf geschossen war, war einfach großartig!

Dann entdeckte uns Elena, wie wir uns ängstlich aneinander klammerten. Sie stutzte kurz und tat ganz unvermittelt so, als sei nichts geschehen, mit hoch gezogener Augenbraue warf sie Liz ein aufgesetztes liebliches Lächeln zu. Nun pfiff sie leise vor sich hin, setzte sich seelenruhig auf die Couch und schaltete den Fernseher ein. Da wir einen erneuten Ausbruch fürchteten, wenn sie mitbekam, dass die Polizei alarmiert war, liefen wir rasch ins Kinderzimmer und schlossen uns ein bis es klingelte. – Die Beamten brauchten zwanzig Minuten, um den Sachverhalt zu klären und Elena aus der Wohnung zu verweisen. Meine letzten Worte an sie waren:

„Es hat sich erledigt, Elena. Melde dich nie wieder bei mir!" Sie hielt sich daran und ich konnte endlich wieder Ruhe finden und mich auf mein weiteres Leben konzentrieren.

Trotz der schönen und intensiven Zeit, die wir anfänglich miteinander erlebt hatten, endete diese Beziehung letztlich in einem Fiasko, wurde zum Höllentrip, den ich nicht wieder vergessen werde. Doch habe ich auch etwas mitgenommen, eine Erkenntnis gewonnen: Ich hatte es geschafft loszulassen – trotz der außergewöhnlich starken und tiefen Gefühle für diesen Menschen, die mich immer wieder einholten.

*

Am nächsten Abend rief mich mein geliebtes Schwesterchen an und erkundigte sich nach meinem Zustand, da wir beide die letzten Gäste bei Henners Feier gewesen waren.

„Hassde widdorr ä glahrn Gobb oudorr bissde noch grang?"

„Bin wieder fit, Süße. Hab gestern den ganzen Tag gelegen und mich mit Vitaminsäften und diversen Fruchtsorten vollgestopft. Und heute Morgen war ich sogar schon geschäftlich unterwegs."

„Duh, hähre mah, is soll ab näschsde Woche widdorr scheehnes Weddorr gähm, wollmorr uns dah nohch zwee dolle Wochng an dorr Seeh machng?"

„Hey, klasse Idee! Hab sowieso im Moment wenig Kurse und unsere Kinder haben noch Ferien. Passt doch."

„Aborr wieh siehds'n middm Buhchn aus?"

„Du weißt doch, bei einem spontanen Entschluss gibt es auch noch spontane freie Plätze und außerdem kennen wir die Crew vom Campingplatz – ein Anruf sollte genügen! Lass mich mal machen, Schwesterlein."

Da ich die Nummer nicht hatte, rief ich zunächst bei Celly an und lud sie gleich mit ein. Dann sprach ich mit Karl. Der klang gestresst und blieb kurz angebunden. Er fragte hastig nach der Anzahl der Zelte, der Personen und dem Zeitraum.

„Ähm … also … Wir sind sechs Leute, drei Erwachsene, drei Kinder, zwölf und vierzehn, vom dreizehnten bis sechsundzwanzigsten August. Ach, und wenn's geht, bitte in der Nähe unserer Chemnitzer Freunde, die stehen im Z-Bereich. Mit ihnen habe ich schon telefoniert. Sie können kaum erwarten, uns zu sehen."

„Okay, gebongt! Ich werde für euch reservieren. Klingelt mich kurz vorher auf dem Handy an."

„Tausend Dank, Karl!", sagte ich entspannt.

Nun gab ich Nanny und Celly grünes Licht. Die Chemnitzer – die sechzehnjährige Sara mit ihrem Papa Steve – informierte ich über unser baldiges Eintreffen. Oma und Mama waren ein wenig traurig, uns solange nicht zu sehen.

Nachdem wir uns neun Tage bei bombastischem Wetter erholt hatten, regnete es anschließend drei Tage ununterbrochen und alle versuchten sich die Zeit so gut als möglich zu vertreiben. Liz und Sara vergnügten sich im

Auto und hörten volle Kanne Hardrock. Die Jungs beschäftigten sich mit verschiedenen Gesellschaftsspielen und schrien sich abwechselnd an, wenn einer versuchte den anderen zu beschummeln. Hippie Celly lag wahrscheinlich mit ihrem „Fürsten Karl" im überdachten Boot am Strand. Nanny wuselte im Zelt herum und beschäftigte sich, wie auch sonst, mit alltäglichen Aufräumarbeiten. Am liebsten sortierte sie ihre Klamotten, damit sie bloß nicht knitterten oder sich heimlich Schmutzflecke eingeschlichen. War das der Fall, musste sofort gewaschen werden. Das ging mir manchmal heftig auf die Nerven und ich konnte mir spöttische Bemerkungen kaum verkneifen.

„Du mit deinem Putzfimmel!" Sie kochte innerlich und entgegnete impulsiv:

„Basse libborr off disch off un gugge nach deim Zeische. Außorrdähm räschneds."

„Sei doch nicht gleich so kritisch, mein Herzchen! Mach nur dein Wusel-Wusel."

Ich überbrückte die Zeit mit einem trockenen Rotwein, dachte über die Schauspielersache nach und schrieb ein paar gesammelte Ideen nieder, die ich zu einem bestimmten Zeitpunkt umzusetzen beabsichtigte.

Wegen des Wetters brachen wir unseren Urlaub vorzeitig ab und fuhren wieder heim. Bevor der Alltag endgültig Einzug hielt, blieb noch ein ganzes Wochenende zum Genießen. – Am Samstag erhielt ich einen Anruf.

„Ciao Polly! Deine Freundin Marlene am Apparat. Wir haben ja lange nichts voneinander gehört. Wo treibst du dich denn rum?"

Typisch Marlene! Sie hatte wieder mal nicht zugehört!

„Hab dir doch gesagt, ich war zwei Wochen mit meiner Schwester, mit Celly und den Kiddis an der Ostsee."

„Sorry! Wie sieht's denn aus mit unserem Weiberabend? Wir sollten wieder mal richtig über alles labern. Hat sich eigentlich unsere Dritte im Bund gemeldet, Susan?"

Leicht spitz, dennoch belustigt gab ich zur Antwort:

„Ja, Susan wünschte uns einen schönen Urlaub und viel Spaß! Ich werde sie wegen des Treffens informieren. Mittwoch zwanzig Uhr im Café Luisa?"

„Klingt gut. Freue mich!"

Marlene, zweiunddreißig, schwarzes langes Haar, ein Gesicht wie Victoria Beckham, ideale Maße und einsachtundsiebzig groß, entsprach dem idealen Business-Typ. Sie studierte BWL – eine ziemlich trockene Angelegenheit! Ich lernte sie '95 auf einem Model-Casting in München kennen. Gelegentlich jobbten wir gemeinsam.

Sofort rief ich bei Susan an, die aber weder ans Festnetz ging noch an ihr Handy. So sprach ich ihr auf die Mailbox und fragte sie, ob sie zu diesem Termin Zeit hätte.

Auch Susan ist so Mitte dreißig. Sie arbeitet als Filialleiterin in einem großen Einkaufszentrum. Seit fünf Jahren ist sie glücklich verheiratet und brachte vor einem Jahr ihren Sohn Noël zur Welt. Mit Susan drückte ich zehn Jahre lang die Schulbank und wir wurden die dicksten Freundinnen. Mit Marlene passen wir als unzertrennliches nettes Weibertrio wunderbar zusammen.

Die Zusage von Susan kam per SMS. – Freunde sind etwas Wunderbares, vor allem, wenn man sich auf sie verlassen und mit ihnen über Gott und die Welt plaudern kann.

Wenn ich dagegen an meine verflossenen ätzenden Beziehungen dachte …

Meine erste große Jugendliebe war Paul, der Vater von Liz. Ihm begegnete ich mit zarten siebzehn Jahren als Praktikantin in einer Baufirma. Paul hatte einen kurzen, modernen Haarschnitt, eine durchtrainierte Bauarbeiterfigur, eine kleine Stoppelnase, einen süßen Kussmund und einen leicht x-beinigen bummeligen Gang. Auf mich noch unreife Jugendliche wirkte er extrem fesselnd und ich verfiel ihm sofort. Elf Jahre Altersunterschied brachten meine Mama damals ganz schön zum Schlucken und sie argumentierte mit den Worten:

„Er ist zu alt – du bist noch viel zu jung für ihn – es ist zu früh – der will mehr als nur küssen!", – und, und, und.

Aber ihre Besorgnis juckte mich keineswegs. Ich wollte ihn! Zu Beginn unserer Liebschaft fuhren wir oft in seinem weißen Lada auf Feldwegen über die Dörfer, um in leerstehenden Silos oder Scheunen unbeobachtet sein zu können. Dann unterhielten wir uns, hörten den Lifestyle der Achtziger und knutschten rum. Als ich achtzehn wurde, hatten wir den ersten Sex: im Lada, bei Nacht und Nebel, mit Kondom. Ich hatte Angst vor dem ersten Mal, panische Angst vor der Entjungferung, Angst davor, dass ich davon bluten würde. Paul war sehr behutsam und vorsichtig. Ich spürte nur einen leichten

Schmerz. Danach konnte ich nicht genug davon kriegen und wir waren in unseren täglichen sexuellen Betätigungen nicht zu stoppen.

Mit neunzehneinhalb Jahren wurde ich schwanger – mit einem Wunschkind! Damals wohnte ich noch bei Mama. Paul hatte zwar am Stadtrand eine Einraumwohnung im Plattenbau, aber die war eigentlich viel zu klein für uns und unseren Nachwuchs. Doch bis zur Geburt wollten wir hier wohnen. Mama war nicht begeistert davon und es kam immer wieder zu heftigen Auseinandersetzungen zwischen ihr und Paul. Aufgebracht herrschte sie ihn an:

„Auf keinen Fall wird diese winzige Wohnung auf Dauer für euch ausreichend sein. Für einen Stubenwagen vielleicht, und nur bis das Kind vier Monate alt ist. Ich verstehe dich nicht, du hattest reichlich Zeit, etwas Größeres zu finden, aber angeblich gibt es ja nichts!"

Im August neunzehnhundertneunzig erblickte ein kleines Mädchen die Welt. Eine zarte hinreißende Püppi, die wir auf Pauls Wunsch hin Liz nannten. Nach der anstrengenden Entbindung wollte ich erstmal mit Liz bei Mama wohnen. Paul war ärgerlich, eigenmächtig hatte ich das entschieden.

„Wieso das denn?!", fragte er trotzig.

„Versteh doch, Paul! Zum Ersten: Liz ist noch so taufrisch und zerbrechlich, dass Mama mir bei den ungewohnten Handgriffen und Aufgaben behilflich sein kann. Außerdem hast du dich ja nicht um eine größere Wohnung bemüht. Und zum Dritten bist du von früh bis abends arbeiten, danach meistens noch ein Bierchen trinken und stehst anschließend berauscht im Türrahmen. Das möchte ich mir und dem Baby nicht zumuten."

Von da an wusste ich nicht mehr recht, ob ich ihn tatsächlich noch liebte oder nur Angst davor hatte, das kleine kaum begonnene Familienglück wieder zu verlieren. Regelmäßig kam uns Paul besuchen und versicherte mir immer wieder, dass wir in seiner Wohnung gut zurechtkommen würden. In meinem jugendlichen Leichtsinn und aus Furcht vor dem Verlust gab ich schließlich nach. Meine Mama konnte das Vorhaben schwer verstehen und tadelte daran herum. Aber ich wollte absolut nicht auf sie hören. Die Kleine war nun drei Monate alt und konnte noch gut im Stubenwagen schlafen. Also packte ich verschiedene Sachen zusammen und wir zogen in Pauls Einraumwohnung.

Ziemlich schnell, bereits zwei Monate später, stellte ich fest, dass hier kein Leben möglich war, kein Leben mit Paul! Er war zwar nüchtern ein äußerst liebenswerter Kerl, kam aber alle zwei Tage sturzbetrunken nach Hause, was mich fürchterlich anwiderte. Im Suff wurde er handgreiflich und packte mich manchmal so heftig an, dass ich blaue Flecken davontrug. Eines Tages erwog ich während eines heftigen Streits die Trennung. Daraufhin drohte er mir, mich vom Balkon zu stürzen. Da hielt ich es dann nicht mehr aus. Ich zeigte gute Miene zu bösem Spiel und verschwand am nächsten Tag heimlich, nachdem er zur Arbeit gefahren war. Es traf ihn wie ein Schock, als er nach Hause kam und alle Sachen einschließlich des Stubenwagens fort waren. Er war stinkesauer, doch blieb ich bei meinem Entschluss. Er suchte sich eine Montagetätigkeit und war von nun an viel unterwegs.

Mit Mamas liebenswerter Unterstützung wurschtelte ich mich mit Liz bei ihr fast ein Jahr durch. Dann zogen wir zu meinen Großeltern nach Altstädt. Paul besuchte uns gelegentlich an den Wochenenden. Dann machten wir gemeinsam Ausflüge oder besuchten seine Eltern. Einmal hatte Paul zwei Tage frei und holte mich abends von meinen Großeltern ab. Wir fuhren in sein Lieblingsrestaurant, wo sein bester Kumpel Tobi, ein äußerst adretter Bursche, arbeitete. Ich hatte nie ans Fremdgehen gedacht, doch jetzt verspürte ich auf einmal Lust auf einen One-Night-Stand – zu dem es dann auch kam.

Als ich an diesem Abend zu meinen Großeltern zurückkehrte, wartete Paul bereits auf mich. Ich fühlte mich überrumpelt, ließ mir aber nichts anmerken und blieb gelassen. Er wollte wissen, wo ich gewesen war. Klar, jetzt musste ich schwindeln. Im gleichen Moment schmetterte seine Hand auf meine linke Wange. Mein Kopf wirbelte herum und mein Nacken fing an heftig zu schmerzen. Ich schrie kurz auf, sodass Oma angelaufen kam und wissen wollte, was los sei. Ich sagte, es wäre alles in Ordnung, denn ich wollte ihr nicht die Wahrheit sagen, auch wenn mein Gesicht knallrot war und brannte wie Feuer. Ich kannte meine Oma, sie hätte bestimmt gesagt:

„Das kommt davon! Wenn man einen Freund hat, macht man nicht mit Anderen herum." – Paul erzählte mir nun, dass er mit Tobi gewettet hätte, weil er von meiner Treue vollkommen überzeugt gewesen wäre. Ich schüttelte den Kopf, was für blöde Typen! Paul rächte sich später, indem er sich eine blonde Kellnerin schnappte, mit der er nach einer Weile auch noch zusammenzog. Da war ich denn doch stinkeifersüchtig, ich fühlte mich zutiefst verletzt und brauchte Zeit und Abstand, um mich von seinem „Verrat" zu erholen.

Kurz vor Liz' zweitem Geburtstag zog ich mit ihr in eine Zweiraumwohnung in Markburg. Zwischen Paul und mir herrschte noch lange Funkstille, bis er sich nach ein paar Monaten von neuem meldete. Als ich ihn dann wiedersah, nach so langer Zeit, da wusste ich, dass ich ihn nicht mehr liebte – er war für mich ein Kumpel geworden. Von nun an holte er Liz manchmal übers Wochenende zu sich. Eines Tages fragte mich Liz:

„Du Mama, gibt es zwei Mamas?"

„Natürlich nicht – warum?", reagierte ich mit einer Gegenfrage.

„Naja, die Frau von Papa, sie sagt, ich soll Mama zu ihr sagen."

Ich war völlig aus dem Häuschen als ich das von Liz hörte. Mein Gedanke war, dass diese Frau eine bestimmte Absicht verfolgte – sie wollte Liz beeinflussen, die Kleine auf ihre Seite ziehen! – Nichts liebe ich mehr als meine Tochter und heiße Panik überfiel mich, weil ich fürchtete, sie zu verlieren. Also brach ich in den Kontakt zu Paul völlig ab und habe ihn seitdem nicht wiedergesehen. Liz wuchs ohne Vater auf, hat aber auch nie wieder nach ihrem Papa gefragt, somit ließ auch ich dieses Thema ruhen.

*

Ich nahm Stift und Zettel zur Hand und schrieb mir auf, was in dieser Woche alles zu erledigen war. Zuerst das Übliche: Einkaufen, zur Bank, Arztbesuch. Ab morgen wollte ich für drei Tage die Kinder einer guten Freundin hüten. Dann kam schon unser Weiberabend. Danach würde ich gewiss ganz schön abgeschlafft sein und todmüde.

Ich entschloss mich kurzerhand, noch ein wenig Waldluft zu tanken bevor es dunkel wurde ... Markburg ist ein kleines Städtchen mit zirka fünfzehntausend Einwohnern. Es liegt an einem herrlichen, großflächigen Waldgebiet, in dessen grüner sprießender Farbenpracht sich ein kleiner See befindet. Der ehemalige Braunkohletagebau wurde in den Sechzigern geflutet und ist zu einem der schönsten Naherholungsgebiete geworden. Für Touristen ein Blickfang und für alle eine pure Erholung. Ich holte mein Fahrrad aus dem Schuppen und strampelte los. Unterwegs traf ich meine Schwester, die mich gleich fragte:

„Willsd wooh Haahse un Wolf widdorr mah guddn Nachd sahchng?"

„Der Großmutter Kuchen und Wein bringen", rief ich ihr fröhlich im Vorbeifahren zu.

Wie ich diesen Wald liebte! Seine frische feuchte Luft, die aalförmigen Pfade und stellenweise verwurzelten Wege, die zu schmerzhaften Stürzen verleiten konnten, wenn man sie übersah. Trotz der lästigen Fliegen, die man sich ständig aus den Augen pulen muss, ergötzte ich mich immer wieder an dem ruhigen, dennoch lebendigen See, auf dem Angler in ihren Booten trieben und hinter dem die gerötete Abendsonne langsam in den Bäumen verschwand.

Mhm, wenn ich das jetzt mit einem *Mann* erleben könnte, einem, der die Natur ebenso liebte wie ich! Ob es ihn gab, *diesen* Mann? – Gewiss nur im Märchen ...

Mein Kilometerzähler zeigte vier gefahrene Kilometer an. Auf der Strecke begegneten mir eine Reiterin und zwei Jogger. Noch nie war ich bei Dämmerung durch den Wald gefahren und war fasziniert von der Stille um mich herum, unterbrochen nur vom steten sanften Knistern zwischen den Bäumen und Büschen. Von Weitem sah ich immer wieder Männer spazieren. Sie blieben stehen, schauten sich um und verschwanden zwischen wild wachsendem Unkraut. Da fiel mir ein, dass das Wegstück, das ich passierte, als Schwulenmeile bekannt war. Schnell durch hier! – Ein Zwischenstopp an der Pizzeria sollte mir das Kochen heute ersparen und wenig später stiefelte ich erschöpft mit dem Pizzakarton in der Hand die Treppe hinauf.

Nach dem Abendessen setzte ich mich an den Schreibtisch, wo mein Laptop stand. Liz schrieb an einem Aufsatz für die Schule. Die neunte Klasse stand ihr bevor. Ich freute mich über ihre Motivation, sie hatte sich neue Ziele gesteckt. Eine gute Mischung aus Privat- und Schulleben stand auf ihrem Programm; sie wollte ihre schlechten Noten verbessern, regelmäßig Hausaufgaben machen, Unterrichtsmaterialien nicht mehr vergessen, den Lehrern gegenüber Respekt zeigen. Das hatte Liz leider im vergangenen Schuljahr nicht geschafft. Ich wünschte mir sehr, dass es diesmal klappte und sie erfolgreich war.

Langsam bootete sich mein Laptop hoch. Ich recherchierte Schauspielengagements in meiner Region und forschte eine Stunde in Suchmaschinen herum. Leider nicht besonders erfolgreich. Die Angebote bezogen sich meist auf Berlin oder München. Schließlich fand ich zwei Offerten, die für mich in Frage kommen könnten, eine für eine Schauspiel-, die andere für eine Theaterschule. Kurzerhand druckte ich mir die Adressen aus.

Montag gegen neun Uhr klingelte es an der Tür und meine Freundin Julia stand mit einem ihrer Söhne davor.

„Moin, moin, ihr Lieben! Hereinspaziert!", entgegnete ich freudestrahlend.

Voll beladen mit Taschen und einer Babywippe stand sie im Flur. Ich baute flugs die Krabbelbox und ein Kinderbettchen für Emilian im Schlafzimmer auf. Fast war mein komplettes Zimmer als Kinderzimmer umfunktioniert. Doch ist in der kleinsten Hütte Platz!

Julia, eine alleinerziehende Mutter, war Zahnarzthelferin und musste zu einem dreitägigen Lehrgang nach Düsseldorf. Emilian, acht Monate jung, litt seit zwei Tagen an Durchfall, weshalb ihm Krippenbesuche verwehrt waren.

„Tom ist im Kindergarten und müsste gegen sechzehn Uhr abgeholt werden. Bei ihm ist alles in Ordnung. Er ist gesund", wies mich Julia ein. Sie war in Eile und erklärte mir gehetzt die Medikation für ihren Jüngsten. Der Kleine schlief noch gemütlich und Julia verabschiedete sich hastig:

„Tschüss, tschüss, ihr Lieben! – Ach Mist, das hätte ich fast vergessen, morgen muss er zur Ärztin, zehn Uhr fünfzehn. Hier ist die Chipkarte! Bis Mittwochnachmittag … und vielen lieben Dank für deine Hilfe!" – Och je, war das ein hektischer Auftritt gewesen, ich war gar nicht zu Wort gekommen.

Julia war vier Jahre jünger als ich. Ich hatte sie als Patientin in ihrer Praxis kennengelernt. Wir waren uns auf Anhieb sympathisch gewesen. Sie war sehr eingespannt mit ihren beiden Söhnen und die vielen Seminare und Lehrgänge, die sie aufgrund ihres Berufes besuchen musste, strengten sie zusätzlich arg an. Ihrem Ex-Mann war das ganze Familiäre über den Kopf gewachsen und er hatte sich kurz nach Emilians Geburt scheiden lassen. Ich bot Julia gern meine Hilfe an, wenn sie in einer Zwickmühle steckte und nicht weiter wusste.

Vorsichtig zog ich meinem Schützling sein Kapuzenjäckchen aus. Er schlummerte weiter vor sich hin. Ich schaute ihn an und dachte mir: Deine Tochter ist vierzehn! *Schon* vierzehn, und aus dem Gröbsten raus, aber zu so etwas kleinem Wunderlichen würde ich – den richtigen Partner vorausgesetzt – nicht nein sagen!

Gerade witterte meine Nase einen strengen Geruch. Behutsam nahm ich den Wonneproppen aus seiner Wippe. Seine Äuglein blinzelten und er sah mich ganz verschlafen und erwartungsvoll an. Unser Wortwechsel beruhte auf kleinen Silben: Oh-o-o oder da-da-da-da-da. – Nachdem der Baby-Po wieder frisch verpackt war, spielten wir eine Weile mit Quietschentchen, Rasseln und Stoffbüchern.

Liz freute sich sehr, Emilian zu sehen, aber nicht, dass er von Durchfall geplagt war. Das fand sie ziemlich unappetitlich, doch kümmerte sie sich liebevoll um den Kleinen. Nach dem Mittagsschlaf holten wir Tom vom Kindergarten ab und gingen anschließend zusammen ein Stück im Park spazieren.

Am nächsten Morgen quälte ich mich übermüdet aus dem Bett, der Kleine hatte schlecht geschlafen und ich mit ihm. Nachdem ich Tom zum Kindergarten gebracht und mit Emilian den Arzt besucht hatte, kam ich endlich wieder nach Hause. Da schellte auch schon das Telefon.

„Ja, hallo!" antwortete ich völlig außer Atem.

„Deine Schwesdorr hier."

„Schnell, Süße, bin gerade rein, hab den Kleinen auf dem Arm."

„Duh, Bolly! In dorr Zeidung schdeed heide, dhass Schdadisdn gesuuchd währn forr Sogo Leibdsch, un is gibbd daforr so ä Ghasding in so ä Hodell

am Wochnände von neine bis achzn Ohr. Wollmorr dah mah hingehn?"
Ich war sofort begeistert.

„Wow, klasse Idee: Ein Casting! Ich hol dich am Samstag ab?! Wir telefonieren vorher noch mal. Tschau, Kleene!"

Soko Leipzig – oh man! Ich würde einen ersten Eindruck von einem Drehtag erhalten, von den Schauspielern und all dem, was da an einem Set so abgeht. Ich war sehr gespannt. Vorausgesetzt, ich würde das Casting bestehen!

„So, mein kleiner Fratz, jetzt gibt es gleich lecker Breichen und dann wird fein Mittagsschlaf gemacht." Liz war inzwischen wach geworden und hatte es wieder mal ziemlich eilig. Dass sie bloß nichts bei ihren Freunden verpasste. Ich gönnte Liz gern noch die freie Zeit, um Energie fürs neue Schuljahr zu tanken.

Während Emilian schlief, ordnete ich meine Englischunterlagen und traf einige Vorbereitungen für die kommende Woche. Auch nutzte ich die Gelegenheit, mich bei den gestern ausgedruckten Schauspielofferten zu melden.

Zuerst rief ich die Schauspielschule an. Leider ohne Erfolg, sie bildeten nur Studenten und Leute bis fünfundzwanzig aus. Dann wählte ich die Telefonnummer der Theaterschule in der Goethestraße.

„Private Actors School, Gähring. Guten Tag!", empfing mich eine zarte Männerstimme.

„Ha… hallo! Mein Name ist Dehnhardt, Polly Dehnhardt. Ich bin an einem privaten Schauspielunterricht interessiert", sagte ich ganz aufgeregt.

„Wir können gern einen Termin vereinbaren. Wann würde es Ihnen passen?"

„Geht es diese Woche, Donnerstag oder Freitag?", fragte ich übereilt.

„Ja, dass passt, machen wir Donnerstag … zehn Uhr?"

„Fantastisch!"

„Bringen Sie bitte Ihre Unterlagen mit, aus denen hervorgeht, was Sie bisher gemacht haben." – Oh Gott! So schnell hatte ich nicht mit einem Termin gerechnet … aber echt prima. Also musste ich mich für Donnerstag vorbereiten, fit sein und gut aussehen, Alkohol am Vorabend in Maßen genießen und nicht in Massen kippen.

Als Julia mittwochs ihre Kinder abgeholt hatte, nutzte ich die Gelegenheit, mich zwei, drei Stunden aufs Ohr zu hauen. Dann duschte ich, legte ein dezentes Make up auf und verließ geschniegelt und gebügelt das Haus. Auf dem Weg sammelte ich zuerst Susan ein – die gestyled in Jeans und gestreifter Bluse vor ihrem Haus stand und mir zuwinkte – … und nach vierhundert Metern hätte uns eigentlich die wartende Marlene ins Auge stechen müssen – hätte! Sie kam mal wieder zu spät. Wie ich diese Unpünktlichkeit hasse! Endlich kam sie angeklappert. Schwarze hohe Stiefel, karierter knielanger Rock, beige-farbiges Long-Shirt und im Winde hin und her säuselnde Haare. Als sie einstieg, entfaltete sich eine herbe angenehm duftende, aber dick aufgetragene Parfümwolke, die alle anderen Gerüche regelrecht erstickte. Wer Marlene ansah, erblickte zuerst nur Lippen, die dickflüssig mit ihrem altbewährten Lipgloss eingepinselt waren.

„Guten Abend, Bella Italia!", sagte ich schmunzelnd und Susan pflichtete lachend bei: „Wir werden als erstes auf die Toilette gehen müssen und uns deiner vollen Lippenpracht anpassen."

„Ach, ihr seid garstig!", äußerte sie mit geschürztem Mündchen.

Vor unserem Lieblingslokal, dem Café Luisa, stiegen wir nacheinander aus: die schwarzhaarige Marlene, Susan in blond und ich brünett. Wir waren fast gleich groß und sicher für den ein oder anderen eine Augenweide. Doch wir gingen nicht aus, um Männer kennenzulernen, sondern um unsere Dreisamkeit zu feiern. Klar kam es schon mal zum Augenkontakt, aber ohne ernste Absichten.

Wir bestellten einen halben Liter trockenen roten Hauswein und drei Gläser, dazu Rucola-Salat. Susan und Marlene waren ganz Ohr und wollten wissen, was ich derzeit so trieb. Begeistert und etwas aufgeregt erzählte ich von meinem morgigen Termin in der Private Actors School. Überrascht waren die beiden nicht, sie wussten ja, dass ich mich gern im künstlerischen Bereich engagierte. Als Freiberuflerin mal da, mal dort zu sein, machte das Geschäft für mich interessant und ließ mich aufreibendes Privates besser ertragen. Jedenfalls freuten sich die Mädels über meine bald beginnende Künstlerkarriere.

„Was macht deine Tochter?", fragte Susan interessiert.

„Sie genießt ihre sturmfreie Zeit heute Abend. Liz befindet sich in ihrer Reifezeit – entdeckt sich selbst, sucht die eigene Identität. Für mich ist es manchmal nicht einfach, alles miteinander zu verbinden. Meine Freunde zu treffen ist eine tolle Abwechselung", sagte ich erfrischend.

Das Lieblingsthema Beziehung wurde sodann erörtert. Für mich die blanke Tragödie, ich war noch immer nicht vom lieben Prinzen wach geküsst worden. Susan führte eine glückliche Ehe und Marlene befand sich in einer genussfreudigen Partnerschaft. In meiner derzeitigen Märchenwelt hatte, ehrlich gesagt, ein Prinz auch wenig Platz.

„Entschuldigung! Wir nehmen noch eine Karaffe von Ihrem Hauswein", rief Susan dem Kellner mit einem Fingerschnipsen hinterher.

„Ach Polly, wann bekommen wir dich endlich unter die Haube?", warf Marlene besorgt ein. Träumerisch sagte ich: „Der Prinz hat Aschenputtel noch nicht den passenden Schuh gebracht!"

„Na ja, Liebes, alles zu seiner Zeit. Hauptsache nicht wieder solche Verrückten wie Frauke und Alexander oder diese Elena!", stöhnte Susan verzweifelt. Diese Namen waren für meine Mädels ein rotes Tuch: Alexander, der arrogante Wessi; die schizophrene Frauke, meine Chefin damals, die mir zu den ersten Schritte auf den Laufsteg verhalf. Als ich ihr das erste Mal begegnete, war mir eins klar: Diesen Typ Frau möchtest du auch verkörpern.

Mit einem – heute für mich – tussihaften Aussehen und in haarsträubenden Klamotten betrat ich damals den Dessousladen, in dem Frauke angestellt war. Sie saß an der Kasse und zeriss irgendwelche Zettel. Ihr Auftreten wirkte sehr maskulin und dominant. Sie war schnieke gekleidet, in einem Stil, den ich noch nicht kannte. Sie betrachtete mich von oben bis unten mit einem leicht schockierten Blick und fragte mich, ob ich die Polly sei. Ich antwortete mit einem „Mhm"! –

Die Laden-Adresse hatte ich von einer Bekannten bekommen, mit der Frauke befreundet war. Sie wusste also, dass ich kommen würde. Direkt ins Gesicht sagte sie mir, dass das mit meinem Aussehen überhaupt nicht ginge und mein Klamotten-Stil komplett verändert werden müsse. Sonst hätte ich keine Chance! Das war ein kleiner Schock für mich, aber ich dachte mir: okay, ich mach was draus. Ohne ihr Wissen machte ich sie zu meinem Vorbild.

Zielstrebig eilte ich tief Luft holend zum besten Friseur in Leipzig. Mit Genugtuung holte der meine schulterlangen verfitzten und verfilzten wasserstoffblonden Haare herunter und zauberte mir einen eleganten Kurzhaarschnitt in meiner ursprünglichen Haarfarbe. Das Brünette verlieh mir ein natürliches, unaffektiertes Aussehen. Dann entfernte

mir die Visagistin den blauen Lidschatten, mein Wangenrouge und den knallig pink-
farbenen Lippenstift. Stattdessen erhielt ich eine zarte Mischung aus Brauntönen mit
einem dezenten Lipgloss. Total verblüfft über meinen Haarschopf und einer angemesse-
nen Rechnung verließ ich den Friseurladen.

Jetzt war meine Garderobe dran. Ich stürzte von einem Geschäft zum nächsten und
kaufte genau die Klamotten, die auch Frauke getragen hatte: einen schwarzen engen
Rollkragen-Pullover, Schlaghosen-Jeans und schwarze Turnschuhe. – Die Verwandlung
von „Barbie" zur „Frau" innerhalb von zweieinhalb Stunden war für mich ein faszi-
nierendes Erlebnis, irgendwie so wie von dusselig zu feurig.

Nun war ich bereit, mich erneut vorzustellen. Hoch motiviert spazierte ich wieder in
den Dessousladen … Schweigend, mit leicht geöffnetem Mund starrte sie mich an und
ließ sich verdutzt in den hinter ihr stehenden Stuhl fallen. Sie war so baff, dass ihr das
Handy aus der Hand fiel. Vom Donner gerührt rief sie:

„Das glaub ich nicht! Polly! In dieser kurzen Zeit? Wie hast du das gemacht? Du
schaust ja aus wie … ich – nur zwölf goldenen Jahre jünger … Ich nehme dich!" Sie
war erkennbar überwältigt. – Frauke wurde meine Lehrmeisterin, sie zeigte mir die
akkuraten Schritte, die perfekten Drehungen, die gewissen Posen, die wichtig für den
Laufsteg waren. Sie verschaffte mir allerhand Jobs und wir arbeiteten regelmäßig zu-
sammen, fuhren zu Messen und flogen gemeinsam ins Ausland – Frankreich, Schweiz,
England. Aufgrund des täglichen Kontaktes wurden wir bald mehr als gute Freundin-
nen, wir pflegten eine heimliche Affäre. – Aber Frauke lebte mit einem Typen aus Bay-
ern zusammen, Jürgen, der von uns nichts ahnte. Sie hatte mir von ihm erzählt und
auch über seine Geschäfte hier im „Osten". Ich lernte ihn und seinen Freund und Ge-
schäftspartner aus Stuttgart, Alexander, bei einer Feier kennen.

Zufällig traf ich diesen Freund eines Tages in einer Einkaufspassage wieder. Er lud
mich auf einen Drink ein und wir setzen uns gemeinsam in eine Bar. Wir unterhielten
uns über dies und das und kamen uns näher. Er war eigentlich überhaupt nicht der Typ
Mann, den ich mir vorstellte: er war etwas mollig, hatte einen schwarzen Igelschnitt,
seine Haut war blässlich und mit vereinzelten Sommersprossen besprenkelt, die Form
seiner Fingernägel wirkte ausgesprochen weiblich. Trotzdem ließ ich mich auf ihn ein.
Es hatte schon einen gewissen Reiz, mit dem Freund von Fraukes Lebenspartner zu-
sammen zu sitzen. Passt doch eigentlich ganz gut, dachte ich.

Doch Frauke konnte sich so gar nicht für ihn als meinen Partner begeistern. Sie ver-
fiel in Panik, sie fürchtete, mich zu verlieren. Ehrlich gesagt, ich hatte nie ernsthaft das
Gefühl, dass sie mir gegenüber besonders einfühlsam war. Ich wusste, sie war verliebt in
mich – ich war ihr „Küken", ihr Halt, ihr Trost – unbewusst! Obwohl ich noch jung

war und sicher oft recht naiv wirkte, konnte ich doch ihre wahren Charakterzüge erkennen. Ein zentraler Aspekt ihres Seins war die Engstirnigkeit; sie war sehr ichbezogen und hatte ein ausgeprägtes Bestätigungsbedürfnis. Außerdem war sie einfach gestrickt, „eine kurz denkende Person", wie Jürgen mal meinte. Viele hielten sie für schizophren und auch ich hatte manchmal diese Vermutung … aber – ich liebte sie, vergötterte sie geradezu! Bald zogen wir zwei Pärchen, Frauke und ihr Freund sowie Alexander und ich, in ein Mehrfamilienhaus in die Innenstadt von Leipzig.

Ich kündigte meine Wohnung in Markburg, und Liz, die damals drei Jahre alt war, zog vorläufig bei ihren Urgroßeltern in Altstädt ein. Meine Großeltern – dreiundsechzig und siebzig – waren damit sehr einverstanden, auch wenn es für sie eine riesige Herausforderung war. Ich war mir damals nicht so recht bewusst darüber, was ich den beiden damit tatsächlich aufbürdete.

Doch war meine gesamte Familie strikt dagegen, dass Liz mit mir in die Stadt kommen und zudem auch noch die KiTa wechseln sollte. Also ließ ich sie einfach zurück. – Liz war so ein Sonnenschein, ein Lichtmeer. Ich schätzte und liebte sie über alles. Doch war ich zu jung, zu unwissend, zu dumm und gierig nach Abenteuern, was mir noch heute erdrückende Schuldgefühle verursacht. – Alexander und ich holten Liz am Wochenende manchmal zu uns oder auch wochentags, sofern wir nicht unterwegs waren. Ansonsten wusste ich sie ja in den besten Händen. –

Anfang lebte jedes Pärchen in seinen eigenen vier Wänden, doch trafen wir uns regelmäßig, kochten zusammen, gingen ins Restaurant oder auf Partys. Wohin wir auch kamen, Alexander und ich waren ständig am Händchenhalten, Herumknutschen und Kuscheln. Wir waren mächtig ineinander verschossen und zeigten dies auch in der Öffentlichkeit. Frauke waren diese Zärteleien allerdings nicht einerlei. Sie verteilte immer wieder Spitzen und machte kleine böse Bemerkungen: „Das machen alle am Anfang, das hat gar nichts zu bedeuten!", „Was ihr da macht, passt doch gar nicht zu euch, das ist doch aufgesetzt!" oder „Das hält doch sowieso nicht lange!" – Von diesen Äußerungen ließ ich mich – jedenfalls gegenüber Alexander – nicht beeinflussen. Doch bestätigte sie mir so ihre Liebe, was mir schmeichelte und sehr gut tat.

Wenn die Männer aber dann, was oft genug vorkam, beruflich länger unterwegs waren, genossen Frauke und ich die Zeit miteinander – wir liebten uns, stritten hin und wieder über Kleinigkeiten und hatten manchmal das Gefühl, in einer Art Hassliebe verstrickt zu sein. Doch nahm ich Frauke wie sie war. Ich motzte nicht an ihr herum. Sie war mein Idol, auch wenn sie vor Eigenliebe schier strotzte. Ich hatte Frauke in mein Herz geschlossen, sie war meine Verbündete.

Das Verhalten unserer Männer änderte sich schlagartig. Auf einmal gingen sie nur noch allein weg, kamen spät nach Hause und besprachen kaum das Nötigste mit uns – es kam mir sehr merkwürdig vor, dieser plötzliche Richtungswechsel. Auch äußerten sie sich permanent verächtlich und kränkend über die „Ossis". Das führte dazu, dass Frauke und ich immer mehr zusammenrückten. Wir verbrachten viel Zeit miteinander und versuchten krampfhaft, aus den beiden schlau zu werden und dahinter zu kommen, was die Ursache für ihren Rückzug sein könnte. Vielleicht ahnten sie von unserem Techtelmechtel!? Manchmal waren unsere Berührungen sehr offensichtlich. Auch unter den Models wurde schon über uns getuschelt.

Erst viel zu spät stellte ich fest, dass ich offenbar finanziell abhängig geworden war. Ich ordnete mich zunehmend unter und war gar nicht mehr ich selbst. Auf Partys oder beim Besuch von Freunden in München oder Frankfurt fing auch ich nun an, Drogen zu konsumieren und geriet so allmählich und unmerklich in eine grausame Sucht. Es ergab sich irgendwie so, denn wohin wir auch kamen, überall wurden Joints geraucht, Kokain gezogen oder Ecstasy – und ich machte mit, war immer mit dabei und mittendrin. In der Folge litt ich unter Stimmungsschwankungen und stumpfte völlig ab gegenüber meinen früheren Freunden und der Familie. Ich mied es, sie zu treffen, wollte niemanden sehen oder hören. Alles strengte mich fürchterlich an, machte mich nervös und gereizt. Ausschließlich suchte ich die Nähe Gleichgesinnter, eben derjenigen, die ebenso im Drogenkreislauf steckten: Frauke, Alexander, Jürgen.

Es verging etwa ein Jahr, da leitete Alexander die Wende ein, indem er plötzlich an unsere Vernunft appellierte und uns inständig bat, gemeinsam diesem Wahn ein Ende zu setzen. Er hatte als einziger erkannt, dass wir auf dem besten Weg waren, uns endgültig kaputt zu machen, dass wir unsere letzten Ressourcen verantwortungslos verbrauchten. Er meinte es ernst und brach als erster abrupt den Drogenkonsum ab. Er besorgte sich Ersatzdrogen, nahm Ritalin anstelle von Kokain. Wir anderen drei schlossen uns ihm schließlich an, ließen uns vom Hausarzt krankschreiben und blieben fast drei Wochen in den eigenen vier Wänden unter Quarantäne. Wir sagten alle Termine ab, verzichteten auf Partys, stornierten Fernreisen und verließen das Haus nicht einmal zum Einkaufen; unsere überwiegend vegetarische Kost besorgten Nachbarn und Bekannte. Knallhart war vor allem die erste Woche, wir litten alle extrem unter den Entzugserscheinungen – physisch und psychisch. Mich überfielen immer wieder grässliche Angstzustände, ein Brechreiz jagte den nächsten, Gliederschmerzen kamen und gingen, der Kreislauf schwankte in Sekundenschnelle von Null auf Hundert. Ich fühlte mich wie Staub, dachte oft: „So muss Sterben sein …" Zum Glück gab es die Ersatzdroge, die mir kleinen tröstlichen Beistand leistete. – Nach drei Wochen konnten wir allmählich wieder unsere Arbeit aufnehmen. Mir ging es auf jeden Fall besser, den anderen augenscheinlich auch. Wir vermieden allerdings weiterhin den Kontakt zu Bekannten und Freunden aus dem Drogenmilieu. Das war im Herbst 1994. –

Nach dieser durchgeknallten, vernebelten und quälenden Zeit fand ich nur langsam und mühselig in die Normalität zurück. Während der ganzen Drogenzeit hatte ich kaum Kontakt zu meiner Tochter Liz gehabt und das hatte mich trotz Rausch sehr belastet – es war ein seelischer Tiefgang. Das schlechte Gewissen plagte mich. Keiner aus meiner Familie wusste so richtig, wo ich war, was ich trieb, wie es mir ging. Meine Pflichtanrufe waren jedes Mal ein regelrechter Kampf gewesen, sie bestanden nur aus Lügen.

Die Beziehung zu Alexander hatte drei Jahre gehalten, nun ging sie in die Brüche. Mir fehlte neben ihm die Luft zum Atmen und wir vertrugen uns auch einfach nicht mehr. Wir schrien uns an oder schwiegen tagelang, schließlich schlug er sogar zu. Es war einfach kein Auskommen mehr, es hatte sich ausgeliebt … Ich war Mitte zwanzig als wir uns im Streit trennten und uns von da an nicht mehr wiedersahen.

Die Sache mit Frauke ging mir ziemlich an die Nieren. Die Männer waren schließlich doch hinter unsere sexuelle Beziehung gekommen und unsere heimlichen Treffen flogen auf. Frauke, vor die Alternative gestellt, entschied sich für Jürgen. Zwar hatte sie mir stetig ihre innige Liebe beteuerte, jedoch obsiegte ihre finanzielle Abhängigkeit zu ihm. Trotzdem rief sie mich weiterhin an und wollte sich mit mir treffen. Doch da lernte ich dann Elena kennen und flüchtete sozusagen in deren Gefühlswelt. Alles andere hätte auch gewiss zu größeren Konflikten mit Fraukes Freund geführt und so nahm ich keinen Anruf mehr von ihr entgegen. Elena war nun mein Strohhalm.

Frauke wurde für mich zu einer Erfahrung auf Lebenszeit und bleibt doch immer unvergessen! Manchmal überkommt mich eine unbestimmte Art steten Verlangens, ein rätselhaftes Anlehnungsbedürfnis, ein Gefühl namenloser Verlassenheit – ich höre diesen Schmerzensschrei … Es ist mein Schmerzensschrei! Ich vermisse sie, sie fehlt mir auf eine ganz schlichte, rettungslose, humane Art. Ich habe sie aus meinem Herzen nie verbannt. Ihre Entscheidung, sich einem Mann zu unterwerfen, aus welchen Gründen auch immer, war meiner Meinung nach eine nicht-bestandene Prüfung. Frauke war eben einfach gestrickt, ihre Motive simpel, ihre Gedanken naiv. Ich kann dieses Vorgehen bis heute nicht verstehen und manchmal macht es mich immer noch traurig. Dann wünsche ich mir, dass wir uns vielleicht ein zweites Mal wiedersehen. Nicht in diesem Leben, nein, in einer Welt, in der es nicht um Reichtum, Besitz, Sucht und Machenschaften geht, sondern wo sich Tore der Herrlichkeit, Ruhe, Harmonie und Gerechtigkeit öffnen – dort, und erst dort möchte ich Frauke wieder begegnen.

*

Nach diesem erquickenden, aber langen Plauderstündchen wollte ich nun nach Hause:

„So, Mädels! Muss zeitig raus und frisch aussehen. Lasst uns die Gläser leeren und danach abzwitschern."

„Es war ein schöner und lustiger Abend!", beteuerten Susan und Marlene beim Abschied. Zu Hause fiel ich sofort todmüde ins Bett.

Am nächsten Morgen erwachte ich pünktlich und ausgeruht. Ich zog mich nett an und fuhr hochkonzentriert zu meinem Termin in die Private Actors School. Ich parkte direkt vor der Haustür, obwohl das Tor zum Innenhof weit offen stand. Trotz sinnlicher Männerstimme am Telefon, hatte ich großen Respekt vor dem, was mich erwartete. An der Eingangstür war eine Kamera installiert, also konnte man sich von mir einen Ersteindruck verschaffen. Ich machte ein freundliches Gesicht und drückte auf den Klingelknopf. Summend öffnete sich die Tür und ich fand mich in einer geräumigen Eingangshalle mit gedämpfter Lichtstimmung wieder: Porträts von Theaterschauspielern schmückten die Wände, zwei weiße Säulen standen versetzt im Raum, in den Nischen waren Sitzecken aufgestellt. Jedoch war keine Menschenseele zu sehen. Rechts von mir las ich an einer Tür „Büro". Mit einem Ruck ging diese Tür auf und ich zuckte kurz zusammen. Ein nettes Lächeln mit Grübchen in den Wangen begrüßte mich:

„Hallo! Sie sind Polly?" Mein Nicken bejahte die Frage.

„Mein Name ist Gähring, Konstantin Gähring. Bitte kommen Sie rein!"

Mit blondem lichten Haar, einen Kopf kleiner als ich und etwas unsicher stand Herr Gähring vor mir. Ich spürte sofort seine Aura. Flüchtig schaute ich mich im Raum um, der von Akten und dem üblichen Bürokram vollgestopft war. Herr Gähring bot mir, ihm gegenüber, einen Sitzplatz an, den ich gerne annahm. Plötzlich quiekte es, dann heulte es laut auf. Erschrocken aufschreiend schielte ich unter den Tisch. Ein Dobermann hatte auf seiner Decke gelümmelt und starrte mich jetzt böse an, ich war ihm nichts ahnend auf seine Pfote getreten.

„Keine Angst! Der tut nichts."

Ein ziemlich peinlicher Auftritt!

„Hunde sind nicht gerade meine Stärke", sagte ich ängstlich. „Seitdem ich als Kind von einem alten grauen Schäferhund in den Oberarm gebissen wurde, habe ich Respekt vor denen." Etwas verdrossen schauten wir uns an, dann begann er über seine Arbeit zu erzählen. Er verlangte meine Unterlagen, die ich ihm artig über den Schreibtisch schob. Langsam blätterte er die Mappe durch.

„Mit der Schauspielerei hatten Sie bisher augenscheinlich wenig zu tun", kräuselte er sein blasses Näschen. Dennoch schien ihn meine Laufbahn zu beeindrucken. Ich beobachtete aufmerksam sein Augenwandern über die Papiere.

„Schöner Job, den Sie da machen. Sie arbeiten also freiberuflich. Am Telefon sprachen Sie über privaten Schauspielunterricht. Inwiefern möchten Sie in dieser Richtung etwas tun?"

Ich stutzte und meinte völlig ahnungslos:

„Nun, ich habe vor längerer Zeit bei der UFA in Potsdam-Babelsberg verschiedene Texte zu Castings vorgetragen, was mir wahrscheinlich nicht so gut gelungen ist, denn ich habe es vermasselt. Obwohl ich mich intensiv vorbereitet und meine Freundin Celly mich mehrfach bei den Dialogen abgehört hatte."

„Wie hat sich denn die UFA dazu geäußert?", fragte Herr Gähring mit hochgezogener Augenbraue.

„Na ja, ich habe einen Brief von ihnen erhalten…"

Ich erinnerte mich noch ganz genau an den Augenblick, als ich den Briefkasten öffnete. All zu oft war ich ja noch nicht zum Vorsprechen gewesen und hatte deshalb ungeduldig auf Post gewartet. Ich hatte wie so oft nervös nach dem Briefkastenschlüssel genestelt und wusste nicht, ob ich mich freuen oder bangen sollte. Natürlich waren mir die skeptischen Blicke der Agentin während des Castings nicht entgangen, ich hatte mir allerdings auch nicht viel dabei gedacht, vielleicht war sie einfach nur gestresst gewesen …

Ach du heiliger Bimbam! Zwischen meiner üblichen Post steckte tatsächlich eine Nachricht aus Babelsberg! – Für einen kurzen Moment war ich doch erschrocken und es lief mir vor Aufregung heiß über den Rücken! Ich eilte nach oben, legte alle Briefe auf den Küchentisch, setzte mich auf meinen Korbstuhl, stützte meine Hände unters Kinn und ließ meine Augen über die viele Post wandern … Langsam schob ich einen Brief nach dem anderen weg, bis dieser Gewisse sichtbar wurde. Noch immer hatte ich nicht den Mumm, ihn zu öffnen. Zwischendurch telefonierte ich und machte Celly und meine Oma verrückt. Dann wagte ich es endlich und riss den oberen Rand des Umschlags auf, schloss die Augen und faltete den Bogen auseinander. Mit halb zugekniffenen Lidern las ich, was dort stand:

„Sehr geehrte Frau Dehnhardt,

vielen Dank, dass Sie sich bei uns als Laiendarstellerin beworben und mit den von uns empfohlenen Texten vorgesprochen haben. Leider müssen wir Ihnen mitteilen, dass Sie nicht …" – *bla, bla, bla.*

Schade-schade!, dachte ich traurig. – Nachdem ich eine Weile Trübsal geblasen hatte, wollte ich aber unbedingt wissen, woran es denn nun gelegen hatte, um daran „basteln" zu können. Die im Schreiben angegebene Telefonnummer rief ich sofort an und fragte nach. Ganz nett teilte man mir mit, dass ich an meinem Akzent arbeiten müsse und dass man mir Sprecherziehung empfehle. Diese Aussage überraschte mich sehr. Noch nie hatte ich mir Gedanken über meine Aussprache gemacht, nicht ein Mensch hatte mich jemals darauf angesprochen und hätte ich nicht in meiner Küche sicher auf meinem Korbstuhl gesessen, ich wäre aus allen Wolken gefallen. – Na ja, sie waren halt dieser Ansicht. Fazit für mich: Sprachunterricht! – Also auf Herrn Gähring bauen.

„Und was stand drin?", fragte Herr Gähring gespannt.

„Eine Absage: leider, leider!", ich schob die Mundwinkel hin und her. „Sie meinten, der Akzent …! Das ist eben die Kacke. Deshalb bin ich hier, um das ‚Sprechen' zu lernen", schmunzelte ich ihn an. – „Find ich gut!", lächelte auch er.

„Wie läuft das Ganze denn ab? Was muss ich tun? Wie oft muss ich hier erscheinen?", fragte ich etwas aufgeregt.

„Sein Name ist Hannes Speit. Er gibt Privatunterricht. Wie oft Sie kommen müssen, besprechen Sie mit ihm."

Ein Schlüsselklappern war an der Bürotür zu hören, mit einem Klick sprang sie auf.

„Hannes! Habt ihr schon Pause?", fragte Herr Gähring überrascht.

„So 'ne kleine Fünfzehn-Minuten-Pause", sagte Hannes kurz angebunden.

Schweigend musterte ich ihn von oben bis unten. Ende zwanzig, eine hoch gewachsene Statur, Frisur wie Kraut und Rüben, übergestülpter bunter Sackpulli, eine schwarze Leggings und Ballettschuhe. Nicht von schlechten Eltern!

„Das ist übrigens Polly. Sie ist an privatem Schauspielunterricht interessiert", warf Herr Gähring gelassen ein.

„Hallo! Ich bin Hannes. Nun …"

„Klingt gut. Prima! Wie lange dauert denn eine Sprecherziehung oder alles, was so dazugehört? Drei Stunden, drei Wochen, drei Monate oder eher drei Jahre?", fragte ich etwas vorwitzig. Bis zu drei Wochen fände ich natürlich ideal, drei Monate würde ich auch noch akzeptieren, aber drei Jahre, das käme ja dann bald einem kompletten Schauspielstudium gleich. – Lächelnd meinte er:

„Von heute auf morgen wird das nicht gehen und wenn du richtig fit und perfekt sein willst, dann machen wir solange, bis du die harte Schale geknackt hast und den weichen Kern berühren kannst, okay? Muss wieder zum Unterricht. Bis nächste Woche!"

Mhm, schmunzelte ich, was für eine herzige Formulierung. Jetzt tänzelt er bestimmt wieder im Ballettsaal herum und macht feine und exakte Bewegungen.

„Das war ja ein toller Zufall, dass just mein zukünftiger Coach sein Opfer in der Nähe gerochen und gleich anbissen hat, um einen Termin im Handumdrehen zu vereinbaren. Fein, fein!", sagte ich stolz zu Gähring. „Übrigens, was kostet denn so eine Stunde?"

Gähring pustete mir seinen Kaugummiatem ins Gesicht, warf seinen Blick auf einen Zettel, der mit allerhand Preisen und Kategorien beschrieben war.

„Fünfundvierzig Euro pro Stunde."

„Fünf...! Fünfundvierzig? Aha!", sagte ich und schluckte. Ein stolzer Preis. Ach, du liebe Güte! Natürlich ließ ich nicht erkennen, dass mich das ein bisschen wurmte. Nun denn, ich würde diese Summe berappen, ich tat es für mich und meinen großen Wunsch, auch wenn Mama jetzt fragen würde, ob ich noch alle Tassen im Schrank hätte. –

„Kein Problem, geht klar! Bekomme ich einen Vertrag?"

Ich musste mir einen Nebenjob suchen. Ich wollte von niemandem etwas geschenkt haben, auch wenn ich die charmante schnuckelige Polly Dehnhardt war, ich wollte mir ehrlich und aufrichtig meine „Sprache" verdienen.

„Den Vertrag können wir gern nächste Woche machen."

„All right! Dann werd ich Sie erst einmal verlassen und in meine Provinz zurückkehren", sagte ich schwungvoll und verließ mit einem netten Gruß das Zimmer. –

Geschafft! Vor Energie sprühend ließ ich mich auf dem Autositz nieder und atmete tief durch. Ich konnte es kaum glauben: Ich hatte es geschafft! Ich hatte mich vorgestellt und, so glaube ich, einen sympathischen Eindruck hinterlassen! Ich hatte wieder einen Schritt nach vorn gewagt!

Glückselig erreichte ich meine Wohnung, wo mich mein Töchterchen sicherlich schon erwartete. Als ich die Haustür öffnete, bemerkte ich sofort den scharfen Brandgeruch. Musik schallte dröhnend durch das Treppenhaus. Kam das nicht aus meiner …? – Ich nahm zwei Stufen auf einmal und stand schwer atmend vor meiner Tür, wo sich diverse Schuhe stapelten. Es war um die Mittagszeit, wie konnte das sein? Sehr merkwürdig. Als ich die Tür aufstieß, strömte mir dicker stickiger Qualm entgegen. Liz' Zimmer war geschlossen. Ich flitzte in die Küche. Unser bester Topf stand auf dem Ceranfeld, der Boden war kohlrabenschwarz. Rasch stieß ich ihn von der Kochstelle unters fließende Wasser und riss sämtliche Fenster auf. Meine Laune war dahin und ich war pappensatt. Ohne große Umwege schoss ich ins Zimmer von Liz. Wegen des hämmernden Bum-bum-bum wurde mein Hereinstürmen von niemandem bemerkt. Ich drückte die Off-Taste des CD-Players. Drei Girlies lümmelten sich auf dem Bett, Liz fläzte im Drehstuhl.

„Puuuh, wie das stinkt … Auweia – der Topf!", rief Liz erschrocken. Aufbrausend herrschte ich sie an:

„Toll, das Chaos! Wenn ihr das nächste Mal vorhabt zu kochen, dann bleibt doch bitte gefälligst in der Küche. Und jetzt könnt ihr gleich abdampfen und du machst was für die Schule! Ich bin stinksauer!"

Um mich abzureagieren, holte ich mein Bike aus dem Keller und radelte zu meiner Schwester. Hier roch es wenigstens angenehm, ihr Flur war erfüllt mit dem Duft von frischer Wäsche.

„Hassde Hungorr?", fragte sie freundlich.

„Ja! Ich esse was Kleines mit."

„Iss dorr was übborr de Läboor geloovn? Guggsd soo launisch." – Ich schilderte mürrisch das Missgeschick ihrer tollkühnen Nichte.

„Iss ähbm deine Dochdorr, genau soo droddlisch wie duh. Wie sachdmorr soo scheen: Dorr Abbel fälld nisch weid vom Schdamme!"

Über meinen heutigen Termin im Theater würde ich vorläufig nichts verlauten lassen, sonst regnete es gleich Fragen über Fragen, vor allem, wer mir diesen Wurm ins Ohr gesetzt hätte. Darauf hatte ich nun gar keinen Bock.

„Du sag mal, wegen der Soko Leipzig am Samstag, wann wollen wir losfahren? In welchem Hotel ist das überhaupt?", fragte ich Nanny.

„Isch dänge mah soo geeschn achde in allorr Friehe, soo dass morr de erschdn sinn, un dass heesd Siddy Hodell."

„Im City Hotel? Gut, dann weiß ich erstmal Bescheid. Ich hole dich um acht Uhr ab, Schwesterherz! Und ganz unter vier Augen: Feile bitte ein wenig an deiner Aussprache!" Gleich äffte sie mir meine zu ihr gebeugte Haltung nach und zischte mir genau so leise zu:

„Isch währdsch schohn nisch blamiern! Ach-te du bit-te auf dein Hochdeutsch!", gab sie sichtlich bemüht zurück. Auch wenn ich sie des Öfteren etwas hochnahm, sie wusste ja, wie ich's meinte. Wir quatschten noch ein bisschen, dann fuhr ich nach Hause und stellte meine stinkenden Räume mit Staublappen und Wischmopp auf den Kopf. Es war fast zehn, als ich erschöpft ins Bett fiel.

*

Endlich wurde es hell. Ich war schlecht eingeschlafen und hatte die halbe Nacht wach gelegen. Es war ja schließlich das erste Mal, dass ich zu einem Film-Casting ging, da ist die Aufregung ganz normal. Übermüdet und mit verquollenen Augen schleppte ich mich in die Küche und trank ein Glas Wasser. Es war noch genug Zeit, so gönnte ich mir eine Augenmaske aus dem Tiefkühlfach. Ich zog das Gummiband über den Kopf, schob die Maske über die Augen, legte mich aufs Sofa und ruhte zehn Minuten.

Vor dem Spiegel erblickte ich rechts über meiner Oberlippe eine auffallende Wucherung. Ein *Yellow-Pimple*! Ausgerechnet heute. Ihn jetzt auszudrücken würde bestimmt sehr schmerzhaft sein und zu fatalen Schönheitsmakeln führen. Also übermalte ich den Pickel mit braunem Kajal und zauberte daraus einen Cindy-Crawford-Leberfleck. Ich kleidete mich leger mit Jeansrock und Hemdbluse, was meinen zierlichen Körperbau zur Geltung brachte.

Meine Schwester kam mir bereits an der ersten Ampelkreuzung meiner Straße entgegengelaufen.

„Schick-schick! Neue Hose? Neue Jacke? Das neue Shopping-Center in der Stadt gestürmt?", fragte ich blinzelnd.

„Nee! Habbsch aus ä Gaddaloch. Äxdra forr heide beschdälld. Issis scheen?"

„Sag ich doch, schick-schick! Aber ich kann's gern noch mal wiederholen: schick-schick!"

Meine Schwester hatte durchaus Geschmack, das musste man ihr lassen. Zur hellgrauen Stoffhose, ohne jeglichen Schnickschnack, trug sie einen passenden dunkelgrauen taillierten Kurzmantel mit gekräuseltem Umlegekragen.

„Bissde ooch soo offgeräschd? Isch bin beschdimmd dorschgeschwidsd bis dorrdhin."

„Ein wenig, aber du hast doch die große Schwester an deiner rechten Seite und außerdem wird das Casting vielleicht ein einmaliges Phänomen. Wer weiß?!"

In der Lounge des Hotels verriet uns das Schild „Statisten für Soko Leipzig, bitte 2. Etage, Zimmer 215" den Weg. Aufgeplustert meinte Nanny: „Isch brauche erschdema noch 'ne Zigareddnlänge, meine Hände hährn garnisch mähr off zu ziddorrn!" Beruhigend sprach ich auf sie ein.

„Hier ist es doch völlig leer. Mach dich nicht so verrückt. Wir gehen hier mit 'nem ‚Vertrag' raus", ich grinste ihr zu. „So, jetzt aber los!"

„Lass uns blooß de Drebbe nähm, da simmorr nisch so schnell oohm, wie middm Liffd …"

„Okay! Aber trotzdem etwas zügiger bitte, meine Perle!"

Vor Zimmer zweihundertfünfzehn besetzten etwa zehn Leute die Stühle und füllten Formulare aus. Ich fragte in die Gruppe hinein, wie denn der Ablauf wäre. Ein älterer Mann mit Hornbrille und Strickmütze antwortete mir.

„You have to fill in this form and take a number from the table over there; the manager will call you finally!"

Nanny verdrehte ihre Augen.

„Thank you very much!"

„Was hadde der geblabborrd?", fragte Nanny nach.

„Lass uns erst einmal setzen … Hier, dein Fragebogen, das ist dein Zettel, Nummer zwölf, sie rufen dich auf. Wenn du Fragen zum Ausfüllen hast, dann stups mich an und zeig mit dem Finger drauf."

„Na, bleede bin isch nisch!", sagte sie leicht gereizt. Ich schmunzelte leise in mich rein. – Nanny schrieb eifrig, sie stockte zwei Mal und zeigte mir dann ihren Zettel.

„Gugge maah bidde! Was soll isch'n hier schreim?"

„Frage fünf: Sonstige Fähigkeiten und sieben: Sportarten. Hm! Da musst du erfinderisch sein, Sport treibst du ja nicht … schreibe einfach Aerobic, Schwimmen, Federball. Und Fähigkeiten ist auch so 'ne Sache … – Häkeln, Stricken, Hausfrau spielen …? Ach, lass es einfach offen", sagte ich und streichelte ihr über die glühende Wange.

Ihr Casting-Sheet war ausgefüllt und kaum hatte sie den Stift aus der Hand gelegt, wurde auch schon die Nummer zwölf von einer rauen Männerstimme aufgerufen.

„Ooh Godd! Das bin ja isch und dann noch die Schdimme von dähm." – „Du machst das schon", rief ich leise hinterher und zeigte ihr ein Daumendrücken.

Jeder musste sich einzeln in diesem Zimmer vorstellen und hatte ungefähr fünf bis acht Minuten zur Verfügung. Hochrot und schweißgebadet taumelte meine Schwester aus Zweihundertfünfzehn, kam pustend mit rollenden Augen auf mich zu und plumpste auf den freien Stuhl.

„Ooh, nee! Drei Leide da drinne. Eener gondrollierd dähn Boochng, dorr andre machde zwee Fodoos un de Dridde sachde gurz was zum Abloof. Jedze bin isch bidschenass."

„Und bist du dabei?"

„Nummer dreizehn bitte!", rief die raue Stimme.

„Der had gesacht, die ruufm misch an."

„Wir quatschen gleich weiter, Süße." Mit bibberndem Herzen betrat ich entschlossen das Zimmer. Eine vornehme Dame musterte mich huldvoll von allen Seiten als betrachte sie eine soeben gelieferte Maschine. Ich gab ihrem linken Nachbarn, dem Herrn mit der „rissigen" Stimme, mein lückenlos ausgefülltes Formular. Er machte trotz seiner zotteligen graumelierten Haare und seines – wahrscheinlich vom Rauchen verkorksten – Organs einen sehr sympathischen Eindruck auf mich.

„Haben Sie schon beim Film gearbeitet?", fragte er.

„Nein. Es ist mein erstes Casting, aber Kameraerfahrung habe ich bereits gesammelt, bei einem Videoclip und einem Werbespot", antwortete ich gelassen.

„Wir machen gleich zwei Fotos", sagte sein Kollege, der während des Aufstehens noch einen Hieb aus seiner dampfenden Kaffeetasse schlürfte. Ich stellte mich an die Wand, bekam ein Schild mit der Nummer null-eins-drei in die Hand und fühlte mich fast wie bei einer bevorstehenden Inhaftierung. Die Kleidung mit den grau-weißen Streifen würde bestimmt gleich nachgereicht werden. Frontal lachend, ernst im Profil: meine Standardaufnahmen.

„Danke schön!", sagte er mit einer komischen Verbeugung. – Nun riss die Dame die Konversation an sich:

„Fredericke von Mellingberg mein Name."

Upsalla, die Grazie hatte ja einen Namen und wie wunderbar adlig er klang!

„Die Drehtage für die Folgen dreihunderteinundzwanzig und -zweiundzwanzig werden nächste Woche Donnerstag und Freitag stattfinden ..."

„Donnerstag! Für die Verkäuferin in der Boutique passt sie, glaube ich, ganz gut", fiel ihr die Raucherstimme ins Wort.

„Am Donnerstag, würde das bei Ihnen klappen?", wendete sich die adlige Fredericke wieder an mich.

„Ja, kein Problem", sagte ich spontan.

„Okay! Acht Uhr dreißig Petersteinstraße fünf, und den Drehtag bis zum frühen Abend einplanen. Bitte bringen Sie auch zwei oder drei verschiedene Outfits mit, die sich für eine Boutique eignen."

„Ähm … ist es bitte möglich, das Mädel, das vor mir dran war, an diesem Tag ebenfalls einzusetzen? Sie ist meine Schwester und es würde sich gut anbieten, wenn wir gemeinsam hinfahren könnten."

„Gut! Dann sagen Sie bitte Ihrer Schwester Bescheid. Wir werden auch eine Rolle für sie finden."

„Vielen Dank! Bis Donnerstag!", sagte ich selig. Jubelnd winkte ich meine Schwester zu mir.

„Los, lass uns gehen, bevor sie es sich anders überlegen."

„Ährzähle mah, was issn? Nähm die misch ooch?"

„Wir sind nächste Woche Donnerstag dabei, du und ich! Den Rest erzähle ich dir im Auto."

Grandios! Das war meiner lieben Schwester zu verdanken, die die Anzeige in der Zeitung entdeckt hatte.

*

Der September hatte Einzug gehalten, die Tage wurden dunkler, die Stimmung träger und meine Privatschüler zeigten sich arg lustlos und missmutig. Auch die Teilnehmer aus den Firmen mussten stark motiviert werden, sie hatten während ihres Urlaubs natürlich nur selten oder gar nicht die Englischunterlagen gewälzt, wir mussten also faktisch von vorn anfangen. Liz startete ebenfalls nicht so positiv ins neue Schuljahr wie sie es vorgehabt hatte, und sie brachte wegen Unterrichtsstörung gleich am ersten Tag einen Eintrag mit nach Hause. Solche Einträge brachten mich immer wieder aus der Fassung und zur Verzweiflung.

„Liz! Wie kannst du mir das erklären? Zum Schuljahresbeginn gleich rote Sätze im Hausaufgabenheft."

„Na, die sind doch blöd, diese Lehrer, die nerven. Kein Bock auf diese Scheiß-Schule. Wer hat die bloß erfunden?"

Ich versuchte mir immer wieder einzureden, dass ihr Verhalten von der Pubertät käme und mit der Zeit nachließe.

„Dann muss ich einen Termin in der Schule vereinbaren, wo du deine Probleme und Anliegen schildern kannst. So funktioniert das jedenfalls nicht!", sagte ich höchst angespannt.

„Nöö, das bringt eh nichts. Wieso einen Termin machen? So ein Quatsch", ließ sie desinteressiert verlauten. Mein Ton wurde etwas schärfer.

„Deine negative Einstellung gefällt mir überhaupt nicht. Das Problem sind deine Freunde, diese Siebzehn-, Achtzehnjährigen, die bereits aus der Schule raus sind. Die nur an Parkbänken rumlungern, eine nach der anderen rauchen, Bier trinken und auf Arbeit oder Lehre pfeifen. Findest du das etwa toll? Sind das deine Vorbilder?"

Meine Fragen schlugen Purzelbäume, ein müdes „Ach-lass-mich-doch!", war die Antwort. Launisch und uneinsichtig ging Liz in ihr Zimmer. Mit solchen Sachlagen konfrontiert zu werden, bedeutete für mich, eine Meisterprüfung abzulegen. Wenn meine Tochter so reagierte, wenn sie großlaut wurde, wenn sie unüberlegt und störrisch auf meine Vorhaltungen einging, war mit Verboten nicht viel anzufangen, sie verstärkten ihre Meuterei höchstens noch, und wenn ich mich im Eifer doch einmal dazu hinreißen ließ, drohte sie mit Armritzen, Drogenkonsum oder Abhauen. Für mich eine knallharte angsteinflößende Erpressung. Also versuchte ich es gar nicht erst und hatte mir mit der Zeit eine spezielle Methode zurechtgelegt.

Ich entzog ihr die Aufmerksamkeit, sprach nur noch das Nötigste und verhielt mich distanziert – das kostete mich immense Kraft. Jedoch schien mein Verhalten zu fruchten. Irgendwann kam sie auf mich zu und entschuldigte sich. Dann machte sie ihre Aufgaben und zeigte wieder Interesse am Unterricht. Unser Miteinander verlief eine Zeit lang wieder in geordneten Bahnen. –

*

Aufgrund meines Termins zur Sprecherziehung hatte ich den Abendkurs an eine Kollegin abgegeben. So würde ich den Kurs ganz gemütlich schaffen.

Ich meldete mich im Büro des sinnlichen Konstantin Gähring. Mit seinem bubenhaften Gang und der etwas milchigen Gesichtsfarbe zeigte er mir den Weg zu Hannes.

„Danke, Herr Gähring! Ich komme nach dem Unterricht noch mal bei Ihnen vorbei", sagte ich lässig.

Nach einem vorsichtigen Klopfen versuchte ich mit aller Kraft die graue Tür vor mir – die wie von einem Panzerschrank wirkte – zu öffnen. Wieso geht die denn so schwer auf?, wunderte ich mich. Ich stemmte zusätzlich den Fuß gegen die Wand und setzte meinen gesamten Körper ein, um die wahrscheinlich klemmende Tür zu knacken. Blöderweise rutschte ich von der Stahlklinke ab und knallte volle Wucht mit meinem Steiß auf den kalten Steinfußboden.

„Autsch! Verdammte Scheiße! Was für ein Schatz liegt denn hier versteckt, dass man da nicht reinkommt?!" Ich warf einen Blick nach rechts, dann nach links – Gott sei Dank, keiner hatte meinen tollpatschigen kleinen Sturz bemerkt. Unter leichten Schmerzen richtete ich mich rasch wieder auf und nahm fluchend meine ursprüngliche aufrechte Körperhaltung ein. Plötzlich wurde die Tür von innen aufgerissen. Hannes stand vor mir.

„Guten Abend, Polly! Was kracht denn hier draußen so?"

„Ni… ni… nichts! Wieso?", fragte ich unschuldig. „Sag mal, du hast ja gar nicht die Klinke betätigt … häh!?", platzte ich verwundert heraus.

„Warum auch? Hier an der Wand ist eine Taste, Push steht darunter, siehst du? Die Tür geht automatisch auf, verstehst du?", erklärte er geduldig.

„Logisch! Sieht man doch. Die wollte ich gerade benutzen, aber du warst wohl einen Tick schneller", reagierte ich geschmeidig.

Dann sah ich mich um. Alle Achtung! Ich stand in einem riesigen mit Parkett ausgelegten Raum, der mit zwei länglichen Tischen, drei Stühlen, einem Klavier und einer Blackboard-Tafel ausgestattet war, und – nicht zu vergessen! – mittendrin der hübsche Hannes! Durch die hohe Decke schallte es wie in einer Werkhalle und war ziemlich kühl, obwohl draußen bestimmt fünfundzwanzig Grad herrschten. Hannes stellte zwei Stühle in die Mitte.

„Nimm Platz!", und wir saßen uns vis-à-vis gegenüber.

Meine Nervosität und die mich jetzt anschleichende Verklemmtheit legten mein Selbstwertgefühl völlig lahm. Ganz cool und locker bleiben!, signalisierte mein Schatten, den ich an die Wand schielend fixieren konnte.

„Wir fangen mit der Sitzhaltung und verschiedenen Atemübungen an", sagte mein charismatisches Gegenüber.

Mit Auflockerungs- und Aufwärmübungen ging es weiter, und endete schließlich beim Vokaltraining: Ballaba, ballaba, ballaba und bla, bla, bla oder auch simsallabim-bamba-salla-du … Ich kam mir schön blöd vor und fühlte mich etwas veräppelt. Aber wenn alle so lernen müssen, warum sollte gerade ich, die ich nicht vom Fach war, eine Ausnahme darstellen? Es folgte noch eine kurze Einführung in die Phonetik. – Phonetik? Oje, wozu denn das? – Zum Abschluss musste ich mir Hausaufgaben notieren, denn die fünfundvierzig Minuten waren wie im Nu verflogen. Während des kurzen Büro-Stopps bei Herrn Gähring zahlte ich noch die vereinbarten fünfundvierzig Euro für mein Ballaballa und Simsallabim.

Nachdenklich machte ich mich auf den Heimweg, ein plötzlicher Stimmungswechsel hatte mich ergriffen und machte mich sentimental. In solchen Momenten dachte ich oft an meine traumhafte Kindheit zurück, die ich meistens mit Herz und Seele bei meinen Großeltern verbrachte. Von Mama wieder abgeholt zu werden, war für mich oft ein Graus. Ich machte dann ein mächtiges Gezeter und schrie den ganzen Weg über bis zur Bushaltestelle:

„Oma, Opa, Oma, Opa!" Obwohl meine Großeltern insgesamt drei Enkel haben, war ich ihr bevorzugtes Engelchen. Nicht, dass sie die anderen nicht mochten, nein-nein, sie hatten sie genauso lieb wie mich, doch das Verlangen nach Oma und Opa war bei mir am stärksten ausgeprägt.

Ab und zu verbrachten wir drei Enkel zusammen das Wochenende bei unseren Großeltern, auch wenn es dann oft Streitereien und Stänkereien gab. Opa mochten wir besonders gern. Er war immer zu einem Späßchen aufgelegt und manchmal verfolgte er uns auf seinen flinken dünnen Beinchen mit dem erhobenen Teppichklopfer und drohte, uns eine drüberzwiebeln zu wollen. Am lustigsten und verträglichsten war Opa, wenn er gegenüber in der Kneipe sein Bierchen getrunken hatte und beschwipst zurückkam. Dann ließ er sich eine Menge Unfug einfallen, um uns Angst einzujagen oder uns zu erschrecken. So stellte er beispielsweise einmal die große Leiter aus dem Stall direkt vor unserem Kinderzimmerfenster auf, stülpte sich eine Strumpfhose von Oma über den Kopf und klopfte solange an die Scheibe, bis wir aufwachten und zu schreien anfingen. Darüber konnte er sich schier kaputtlachen. Ein anderes Mal schlich er sich in die Wohnung und fabrizierte klappernde Geräusche mit dem Tauchsieder, den er sachte gegen den Herd pendeln ließ. Er amüsierte sich königlich, wenn wir erschrocken lauschten und grübelten, woher bloß diese Laute kamen. – Ja, und weil er so war, mein zauberhafter Opa, kann man sich doch kaum vorstellen, dass er als Bürgermeister im Nachbardorf fungierte! Ich war sehr stolz auf ihn und sagte damals ehrfurchtsvoll: „Das ist mein Opa, der den ‚Staat‘ regiert und ich bin seine Enkelin!“ –

Sehr bitter war es für mich, als er mit siebenundsiebzig Jahren an Krebs starb. Das geschah in der Zeit, als ich mit Elena in Leipzig wohnte, in einer Beziehung, die mir viele Jahre mit meiner Tochter raubte, eine Beziehung, die mich gefangen hielt. Oft beschlich mich damals das Gefühl, ich würde in der Rolle einer Rabenmutter feststecken. Mich plagte das schlechte Gewissen, ich wusste, dass ich zu wenig Zeit für meine Tochter aufbrachte und die Verantwortung einfach an meine Großeltern abgeschoben hatte. Doch zu jener Zeit betrachtete ich dies ziemlich oberflächlich und aus der Ferne.

Als nun mein Großvater starb, war Liz im vierten Schuljahr und hatte noch ein halbes Jahr vor sich bis zu den Sommerferien. Mama, Nanny, Tante Frieda und Onkel Charly waren in den Monaten nach diesem schrecklichen Ereignis stets ein Trost und eine Ermutigung für Oma. Doch hatte meine geliebte wunderbare Oma, auf die ich so stolz war und die ich über alles schätzte und liebte, jetzt nur noch EINEN wirklich festen Halt – Liz. Auf ihren Wunsch hin sollte Liz die Grundschule in Altstädt beenden. Eine weiterführende Schule gab es hier nicht, also musste Liz danach ohnehin nach Markburg. Für mich war klar, dass ich zur Verfügung stehen musste. Ein steiniger Weg stand mir bevor: meine Arbeit war in Leipzig, aber dreimal in der Woche und sporadisch an den Wochenenden fuhr ich zu Oma und Liz aufs Dorf. Dazu musste ich dann ständig dramatische Szenen von Elena über mich ergehen lassen, die meine Lage nicht verstehen wollte und sich oft betrank. Um meine Probleme mit einem Schlag zu lösen, suchte ich mir eine Wohnung in Markburg und hatte zwei Monate vor dem neuen Schuljahr endlich Glück, ich fand eine idyllische Dachgeschosswohnung. So siedelten wir also um und nahmen auch Oma mit nach Markburg. Sie zog in eine Zwei-Raum-Wohnung in unsere Nähe, sodass Liz und ich sie jederzeit besuchen konnten. Durch diesen Umzug verloren sich dann sämtliche Spuren meiner alten „Freundschaften“ und „Beziehungen“ und ich konnte meine volle Konzentration nun auf einen neuen Lebensabschnitt legen: ein Leben mit meiner nun fast zehnjährigen Tochter Liz. Ich freute *mich auf diese Zeit, auf die neue eigene Wohnung, auf den gemeinsamen Haushalt, den ich mit Liz von nun an steuern würde ... und auf Ruhe und Frieden.*

Bevor ich nach Hause fuhr, hielt ich noch mal in Altstädt am Grab von Opa an. Ich harkte es und goss die Blumen.

„Nie werd ich dich vergessen! Ich liebe dich!"

Wenn meine Seele, so wie heute, tief durchhängt, überfällt mich meist die Einsamkeit und ich sehne mich nach Geborgenheit. Trübselig greife ich dann zu meinem schweigenden trockenen Hausfreund – einem französischen oder italienischen Rotwein.

*

Am nächsten Tag machte ich mich pünktlich auf den Weg, es war Donnerstag und unser großer Tag beim Film.

„Schwesterherz – einen wunderschönen Guten Morgen! Hey, deine Klamotte sieht ja schon wieder so nigelnagelneu aus? Welches Geschäft hat denn am meisten von deiner Kohle profitiert?", fragte ich spitz.

„Hadde doch grade Geld gegrischd un gonndes mir nisch vorrgneifn, ehn Laadn auszulassn. Duh weehsd doch, wie das bei mir soo iss – libborr in de Scheenheid invesdiern alsn Schdaade alles zuzubuddorrn – oudorr?"

An der nächsten Kreuzung fuhren wir nach links und schon war das Ziel des Drehortes in Sicht. Die Straßenseiten waren abgesperrt und so sahen wir gleich die Lieferwagen mit den Aufschriften „TV-Produktion". Das Auto parkte ich eine Parallelstraße weiter. Wir schnappten unsere Kleidersäcke und tippelten los. – Halt, was erblickte denn da mein Adlerauge? An Nannys Hose wehte ein Preisetikett, vorsichtig wies ich sie darauf hin.

„Da hängt was Weißes an deiner Hose!" Peinlich lächelnd schaute sie sich um.

„Mei Breisschild – rubbe das doch bidde mah ab."

„Ein... ein... *einhundertneunundsechzig* Euro hast du für eine ... für *eine* Hose geblecht? Bist du verrückt?" – Sie räusperte sich verlegen.

„Isch wees – isch bin bleede. Mei Gooffimmel had mir de Mama in de Wiesche geleescht – isch gann sozusachn nischd daforr. Vorrschdehsde?"

„Klar, doch – verstehe!" Meine Wiege sei mit einer Fantasiewelt gefüllt gewesen, stichelte meine Familie oft.

Das TV-Team leistete mit seinem Hin- und Hergeschleppe erstaunliche Schwerstarbeit, sie verfrachteten die benötigten Gerätschaften an die richtige Stelle. Auf unsere wahrscheinlich auffallend großen Kleidersäcke – der meiner Schwester schleifte über den Boden und verursachte ein kieselkratziges Geräusch – wurde Jemand aufmerksam, kam auf uns zu und wies uns ein.

Wir stellten uns in die Nähe der anderen Statisten. Mit einem von ihnen fing ich ein kurzes Gespräch an, fragte ihn, wo er schon überall gearbeitet habe und wo es Anlaufpunkte für Bewerber gab. Er war sehr nett und schrieb mir die Telefonnummer, die Adresse sowie den Namen der Vermittlerin, einer gewissen Frau Hemmler auf.

Wir hatten einen wirklich interessanten Drehtag! So viele spannende und neue Erfahrungen, ich lernte den Ablauf am Set kennen, war ganz verwirrt von den vielen Leuten, von all der Requisite – es war ein einzigartiges Geschehnis für mich. Und schon befand ich mich in einer Welt der Träume und Fantasien – also mal wieder im Märchenland!

Mein Interesse an der Schauspielerei war rapide gestiegen und ich rief sofort diese Frau Hemmler, die für die Statistenvermittlung verantwortlich war, an. Es klingelte sieben Mal, bis endlich jemand abhob.

„Hemmler!"

„Ja – hallo! Hier ist Dehnhardt aus Leipzig, Polly Dehnhardt! Ich rufe auf Empfehlung eines Statisten von Soko Leipzig an und möchte mich gern bei Ihnen bewerben."

„Einfach Fotomaterial mit kurzer Vita herschicken. Sobald Produktionsanfragen da sind, melde ich mich. Die Adresse haben Sie …?"

Mann – legte die eine ungeduldige Husch-husch-Reaktion an den Tag. Aber wahrscheinlich musste sie Tausende Anrufe von solchen nervigen Statisten tagtäglich entgegennehmen.

„Adresse hab ich. Danke!", sagte ich hastig, bevor sie wieder auflegte.

Nanny war nicht sonderlich daran interessiert sich zu bewerben, sie hatte immer etwas gegen ihre Fotos einzuwenden und war nicht davon zu überzeugen, sie zu verschicken. Ich stürzte hingegen umgehend zu meinen Unterlagen, die ich im Handumdrehen für diese Frau Hemmler fertig machte – die schönsten Fotos und eine Vita mit allem Notwendigen darin.

Im Wohnzimmer hibbelte ich unruhig von einem Bein aufs andere und überlegte mir, ob es vielleicht effektiver wäre, die Bewerbung morgen persönlich abzugeben, sodass sich die Kollegin gleich vor Ort ein Bild von mir machen konnte. Mein Kurs für die Kids begann erst um vierzehn Uhr, es würde also genug Zeit bleiben …

Am nächsten Morgen holte ich mein Auto aus der Tiefgarage und machte mich auf den Weg zum Konradplatz achtzehn, Musikalische Komödie. Hier saß also die sogenannte Frau Hemmler. An der Information sagte man mir:

„Zimmer zwölf, zweites Obergeschoss! Aber nehmen Sie bitte die Treppe – der Lift ist defekt!"

War mir recht, konnte das Ding nicht mit mir steckenbleiben! Ich lief einen elendig langen Gang entlang. Aha, Zimmer zwölf, unmittelbar neben der Toilette! Die Tür mit dem Namensschild „Hemmler, Direktorin" stand geöffnet, ich klopfte vorsichtig an.

„Hallo? – Polly Dehnhardt! Wir haben gestern miteinander telefoniert, wegen der Bewerbung, und da dachte ich, Sie lernen mich gleich persönlich kennen, um sich ein Bild von mir zu machen."

„Hemmler. Bitte nehmen Sie Platz!"

„Hier sind die gewünschten Unterlagen", ich drückte ihr die Papiere in die Hand.

Sie wirkte etwas fade und langweilig auf mich, trotz ihrer unruhigen Husch-husch-Stimme am Telefon. Auch trug sie recht altbackene Kleidung im Achtziger-Jahre-Look. Jetzt fuhr sie sich mit dem Kamm erst einmal durch ihre rotgefärbte, stark gekräuselte Dauerwelle, wobei vereinzelte Haare auf den hellgrauen Teppich schwebten. Eine ziemlich unästhetische Begrüßung fand ich.

„Schöne Fotos! Selbstständig! Also immer freie Zeiteinteilung und flexibel einsetzbar!?", sie schien aufzuleben.

„Ja, bin ich."

„Gefällt mir gut. Das sind mir die Liebsten. Prima!", überschlug sie sich fast.

„Mitte Oktober startet eine neue Produktion – ein neunzigminütiger Spielfilm. Ich könnte dich …" – ups, die duzt ja gleich! – „… als Krankenschwester einsetzen – vielleicht auch mit Text."

„Mit Text?", ließ ich überrascht verlauten. Schlecht wäre es nicht, ich könnte mein Ballaballa zum Einsatz bringen.

„Vielleicht ein, zwei Sätze … oder auch keine. Wird der Regieassistent festlegen oder auch der Regisseur selbst. Wir werden sehen. Genauere Zeiten und was du mitbringen musst, sage ich dir noch rechtzeitig. Okay?"

„Fantastisch, danke!"

Ich war ganz außer mir vor Glück und hätte Freudenschreie ausstoßen können. Mit einem lebendigen Lächeln verabschiedete ich mich von Frau Hemmler und freute mich auf meinen baldigen Einsatz.

*

Rosenträume unter Herbstnebel

Der Herbst hatte zeitig begonnen und matte Sonnenstrahlen durchdrangen die dicht stehenden, beinahe schon kahlen Bäume. Goldene Blätter wirbelten durch die Lüfte und verklebten die Autofenster. Die Straßen und Wege waren mit einem farbenprächtigen Laubteppich bedeckt. Ein Hauch von Melancholie lag in der Luft!

An solchen Tagen fuhr ich gern Fahrrad und hätte es auch heut getan. Leider musste ich anderen Verpflichtungen nachkommen – Mamas „Sankt Gardenien" rief – auch wenn ich nicht die geringste Lust dazu verspürte. Im Garten gab es zum Herbstanfang immer alle Hände voll zu tun und Nanny, Mama und ich wurden zu wahren Grünflächenheldinnen. Für Mama waren wir ihre Golden Globes. Sie begann mit den Aufräumarbeiten in der Laube und verstaute alles, was klamm oder feucht werden konnte in große Tüten und Säcke. Sie säuberte die geleerten Regenfässer und stellte sie auf die Öffnung. Nanny und ich harkten geduldig das angesammelte Laub, das überwiegend der Kirschbaum abgeschüttelt hatte. Verschwendete Liebesmüh, er trug ohnehin noch die Hälfte an seinen Ästen!

„Das iss ja eschd 'ne Masse, soo viele Sägge hammorr garnisch zum Reinfülln! Aborr isch gann dann noch welsche von Heme hooln." Wir stopften die großen blauen Abfallsäcke bis zum Rand voll. Zwischendurch transportierten Nanny und Mama den großen schweren Oleander zum Überwintern in den Keller.

„Na, Mama! Bist du fertig mit deiner Villa Kunterbunt, hast auch alles fein abgedeckt mit weißen Laken, wie im Schloss?", neckte ich sie während des Abtransports der Pflanze.

„Du trägst die dreißig Kilo gleich selbst runter!", sagte Mama geschafft. Ich schmunzelte und zwinkerte ihr zu.

„Hab disch doch lieb, Mummilein! Nicht gleich alles auf die Goldwaage legen." –

Und dann wartete die „schönste" Beschäftigung auf Nanny und mich: die Jauchengrube!

„Das häld doch gehnorr aus, den Mief!", sagte Nanny mit zusammengezogenem Gesicht.

„Tja, das kommt von den vielen Gästen, die den Sommer über hier ihr ‚Unheil trieben' und nicht auf eine ihrer Feierlichkeit verzichten wollten."

Reumütig banden wir uns Tücher vor Nase und Mund, streiften Gummihandschuh über und schlüpften in hohe Stiefel. Die Nachbarn bearbeiteten noch ihre Beete und hackten sich vor lauter Lachen fast ins Bein, als sie unsere vermummten Gestalten sahen. Endlos schöpfte ich mit der Jauchekelle Eimer um Eimer voll, die meine Schwester dann weit weg transportierte und zur Düngung über die Beete und Pflanzen schüttete. Einmal stellte Nanny den leeren Eimer so ungünstig auf, dass ich mich mit der gefüllten Kelle in der Hand weit ausstrecken musste – und noch bevor ich sagen konnte: „Rück mal den Eimer näher!", hatte ich bereits die Balance verloren und fiel auf alle Viere in die halbvolle widerlich stinkende Grube hinein.

„Was für eine Sauerei!", platzte ich los. Es jauchzte von allen Seiten, peinlicherweise war mein Reinfall vom halben Schreberverein beobachtet worden.

„Jedse gannsde ooch deine Darnung vom Gesischde nähm, dehn Geruch werschde noch Daache an dir rieschn und außorrdähm: Gagge bringd Gligg!", klopfte mein Schwesterchen gegen die steinige Wand und bekam sich fast nicht mehr ein. Ich war eingefärbt von dunkler Jauche und stank schlimmer als eine ganze Schweineherde. Zum Glück schien an diesem Tag die Sonne und die warmen Strahlen fielen auf Sankt Gardenien. Ich zog die verpesteten Klamotten aus, führte eine Katzenwäsche an den am schlimmsten betroffenen Körperstellen durch und schlüpfte in die noch nicht verpackte Trainingsbekleidung von Mama. Nach erfolgreich abgeschlossener gärtnerischer Winterfestmachung hatte ich dringend ein Bad nötig und fuhr erschöpft nach Hause.

*

Ich wurde durch ein plötzliches lärmendes Geräusch auf der Straße geweckt. Noch schlaftrunken identifizierte ich die Müllmänner, die so heftig die Tonnen aneinander krachten, dass das Geschepper meine Fensterscheiben vibrieren ließ. – Plötzlich fiel es mir siedend heiß wieder ein: Heute war es soweit! Es war der sechzehnte Oktober, mein erster Drehtag, mein Auftritt in einem neunzigminütigen Spielfilm! Halb in Trance griff ich nach meinem Handy, wo war denn nur dieses ... Erschrocken riss ich die Augen auf, warf ruckartig meine warme Bettdecke zurück und suchte krampfhaft die ganze Wohnung ab. Ich wirbelte von einem Zimmer ins andere. – Na prima, da lag es ja, auf dem immer noch feuchten Badewannenrand. Oh je, schon acht Uhr drei! Um neun musste ich am Drehort sein. Wenn ich zwanzig Minuten für die Fahrt bis in die Stadt brauchte, blieben mir also noch genau siebenunddreißig Minuten für meine morgendliche Routine.

Atemlos kam ich am Set in der Sankt-Elios-Klinik an und erhielt sogleich eine grüne OP-Bekleidung, ein Schlupfkasack mit V-Ausschnitt und eine Hose mit Rundgummiband, in der ich wie reingeborgt aussah. In der Disposition stand, dass die ersten zwei Bilder im Operationssaal mit zwei Schwestern gedreht werden sollten. Meine Mitstreiterin war im mittleren Alter und hieß Franziska. Wir setzten uns auf die für uns bereitgestellten Stühle direkt neben die Schiebetür des OP-Raums und sahen aus wie zwei grüne Frösche auf einem Seerosenblatt. Mit großem Schritte schoss der Regieassistent um die Ecke, stellte sich uns als Bernd vor und gab einen kurzen Einblick in das gleich beginnende Szenarium.

„Im ersten Bild brauche ich euch beide. Wie waren gleich noch mal eure Namen?"

„Ich bin Polly."

„Und ich Franziska."

„Fein! Also ... es findet eine Operation am Blinddarm statt, die ohne Komplikationen verläuft. Der Patient wird von Jerez Quidam gespielt, der sich bereits im OP-Saal befindet. *Okay!* Polly, du wirst an seinem Kopf stehen, regelmäßig das angeschlossene Equipment überprüfen sowie Blicke auf die Messgeräte werfen. Und zwischendurch legst du zur Beruhigung beide Hände auf seine Wangen. Alles klar soweit?"

„Ja, wunderbar."

„Und du, Franziska, du wirst … Wir proben vorher alles noch mal idiotensicher durch. – Ihr bekommt noch Mundschutz, Kopfbedeckung und Handschuhe", sagte er zuvorkommend.

Ich legte mir die Sachen an und kam mir vor, als würde ich mich auf einen Banküberfall vorbereiten. Die Handschuhe ließ ich vorerst aus, sie hinterließen von ihrem Perlenmuster unangenehme Abdrücke. Neugierig wagte ich einen Blick in den OP. Zwei Kameras standen dort, an Licht und Ton wurde noch herumgebastelt. Der Requisiteur war flott unterwegs. In der Mitte des Raumes stand ein Tisch, auf dem bereits dieser Jerez lag, an dessen Kopf ich mich dann stellen sollte. An seinen Familiennamen konnte ich mich nicht mehr erinnern, er klang ziemlich schwierig und exotisch. Sein Oberkörper war mit einem grünen Laken bedeckt, sein Gesicht konnte ich von hier aus nicht erkennen. Ich bewegte mich vorsichtigen Schrittes in die Richtung des Arbeitsplatzes, verhedderte mich jedoch mit dem Fuß in einem Kamerakabel. Ich wurde puterrot, alle glotzten mich an, einer fragte:

„Alles okay? Ist was passiert?"

„Geht schon. Alles fein!", murmelte ich.

Meine Röte wurde – Gott sei Dank – durch Mundschutz und Kopfbedeckung vertuscht. Ich musterte die vielen Geräte und chirurgischen Instrumente, die mir fast als Folterwerkzeuge vorkamen. Dann ließ ich meinen Blick auf den Kopf hinter dem grünen Laken schweifen. Da lag er. Er hielt seine Augen geschlossen und sein linker Arm ruhte, wie bei einer einarmigen Kreuzigung, auf einer Stütze. Ich schaute ihn an. Er bemerkte mich nicht. Von seinem Körper waren nur ein paar hervorlugende gräuliche Brusthaare zu erkennen, die mich ahnen ließen, dass sein Schopf eine ähnliche Farbe hatte. Sein Gesichtsausdruck strahlte eine feinfühlige Zufriedenheit aus. Eine schmale markante Gesichtsform mit einer spitzen Nase und schmalen Lippen zierten sein Antlitz. Ich schnaufte kurz tief durch – und seine Augen öffneten sich. Ohne Worte sahen wir uns, auf einer beinahe sinnlichen Ebene, in die Augen.

„Hallo! Ich bin Jerez", sagte er mit sanfter Stimme und gab mir seine zarte Hand.

„Polly, hallo!", sagte ich etwas nervös. Ich strahlte ihn mit meinen Kulleraugen an. Ich schätzte ihn auf Anfang vierzig.

„Fertig machen zur Probe!", rief der Regisseur.

Damit war unser „Hallo-Sagen" erst einmal beendet. Der Regieassistent Bernd klärte mich auf, dass mein Einsatz auf „Bitte" erfolgte. Die Leute von der Maske fummelten jetzt in Jerez' Gesicht herum, klebten eine Kanüle an seine Vene und legten den Pulsmesser um seinen linken Oberarm.

„Fertig zur Probe ... und ... *Bitte!*"

Nun bemuddelte ich „meinen Patienten" ein wenig am Arm, schaute ab und zu auf die hinter mir stehenden Messgeräte und legte federweich meine Hände auf seine Wangen, die schwer mit Make-up beladen waren, unter dem ein pfirsichkerngroßes Muttermal leicht hervorschimmerte.

„Probe aus!", schrie der Regieassistent.

Genau zum richtigen Zeitpunkt, ich hatte meine Handlungen sekundengenau absolviert. Nach drei Proben war die Szene beendet. Als die Maske mit Jerez fertig war, schaute er mich wieder so angenehm an und ich erwiderte seinen Blick.

„Und ... Kinder, Familie, Haus, Hof und Garten?", fragte er. Verblüfft und überrumpelt von solch einer Kettenfrage zog ich, um Zeit zu gewinnen, meinen Mundschutz von der Nase. Wieso fragte er so etwas? Nur so? Interessiert?

„Und nicht zu vergessen, zwei große Wachhunde, 'ne Yacht und ein Haus auf Mallorca!", sagte ich schmunzelnd.

„Keine Kinder?" – Eine Frage, die ihm wichtig schien?

„Eine Tochter, jedoch sind wir ohne männlichen Beistand", fügte ich beiläufig hinzu. Es war mir etwas unangenehm, solche persönlichen Fragen zu beantworten. –

„Wir drehen ... Ton ab ... Ton läuft ... und *Bitte!*", schrie der Regisseur nun wieder.

Nach zwei abgedrehten Szenen fragte mich Bernd, ob ich denn nicht noch ein Bild im griechischen Restaurant als Kellnerin machen könnte. Ich stimmte natürlich zu, ich hatte als „Mumie" Spalier im OP gestanden, nun bekam ich die Chance, mein Gesicht zu zeigen!

Ich schlüpfte zwischendurch in meine Zivilkleidung. Als ich die Umkleidekabine wieder abschloss, erblickte ich Jerez auf dem Gang. Meine roten Blutkörperchen setzten sich rasant in Bewegung, denn ich musste an ihm vorbei, um den Schlüssel abzugeben. Ich straffte mich und lächelte ihn freundlich an, während mir in diesem Augenblick der Schlüssel herunterfiel und direkt vor seinen Füßen landete. Auch das noch!

„Oh, passiert!", sagte ich verdattert und bückte mich.

Er war schmächtig gebaut und alles sah ganz zart aus an ihm. Seine Körpergröße entsprach genau meiner, sodass ich ihm gerade in die Augen schauen konnte. Frisur und Haarfarbe glichen denen Sky du Monts. Seine vollen dunklen Augenbrauen setzten sich vom Grau seiner Haare ab. Ein leicht schattiger Rand spiegelte sich unterhalb seiner bräunlichen Augen wider, die mich mit einer angenehmen Ruhe anstrahlten.

„Bist du auch im Restaurant dabei?", fragte er.

Zögernd kamen mir kleine abgehackte Silben in den Sinn … aber dann fiel mir ein vollständiger Satz ein, den ich schließlich betont und überzeugend aussprach:

„Ja! Wahrscheinlich werde ich dich bedienen!", und mein Herz fing heftig an zu bubbern, was natürlich daran lag, dass ich mich so ruckartig nach dem Schlüssel gebeugt hatte! Dieses blöde Ding hatte mich Knall und Fall aus dem Gleichgewicht gebracht.

„Bis gleich", sagte er.

Ich lief in die entgegengesetzte Richtung des Ganges, um seinen Familiennamen zu recherchieren. Ich wusste, dass jeder Schauspieler seinen eigenen Raum hatte, wo er sich umziehen und freie Drehzeit verbringen konnte. Sechs Türen weiter auf der rechten Seite hing das Schild mit dem Namen Jerez Quidam! *Quidam*. Das musste ich mir erstmal auf der Zunge zergehen lassen! *Q-u-i-d-a-m!* Ich wiederholte den Namen, so oft, dass ich ihn nicht mehr aufschreiben brauchte. Obwohl sein Name so fremd klang, sprach Jerez ein außerordentlich gutes Deutsch, völlig akzentfrei – klar doch, er hatte natürlich jahrelang Schauspielunterricht genommen! Quidam … das hört sich französisch an … Warum zerbrach ich mir eigentlich den Kopf über seinen Namen? Er klang begehrlich, ich träumte versonnen vor mich hin. – Jetzt musste ich aber rasch in dieses Restaurant …

Jerez saß schon mit einer Kollegin an einem Tisch für zwei Personen. Dieser war eingedeckt mit einer weißen Tischdecke, einer Flasche Wasser, zwei Gläsern Rotwein und einer einzelnen gelben Rose, die in einer hübschen Vase als Farbtupfer in der Mitte des Tisches stand.

„Polly, kommst du bitte!", rief Vivien von der Maske. „Ich lege dir noch ein wenig Make-up auf, und hier liegen deine Kellnersachen!"

„Na, schon bereit fürs letzte Bild?", fragte Bernd. „Hier noch 'ne kurze Beschreibung zur Szene: Die beiden Darsteller am Tisch, Jerez und Nadine, sind Kollegen und haben seit einem halben Jahr eine Affäre miteinander. Nadine ist alleinstehend und Jerez seit vier Jahren verheiratet. Irgendwann in diesem Film eskaliert die Lage und alles fliegt auf … und immer so weiter. Das Einzige, was du sagen musst, ist: ‚Haben Sie schon gewählt?' – Okay?"

„Alles klar! Ich ziehe mich schnell um", sagte ich freudestrahlend.

Jerez und Nadine hielten sich bereits bei den Händchen, warfen sich verliebte Blicke zu und übten ihren Text. Konnten Schauspieler eigentlich Privates und Geschäftliches voneinander trennen? Sicher wurde oft angebändelt am Set oder während der gespielten Rolle. Es sei denn, man war schon glücklich und verliebt genug. Klar, Fantasien hat jeder! Fantasien sind etwas sehr Schönes, wenn sie im Rahmen der Beziehung ausgelebt werden. Wie auch immer – das alles stand ja jetzt gar nicht zur Debatte!

„Wir drehen gleich!", schoss Bernd los. „Polly! Auf ‚Bitte' gehst du an den Tisch und legst die Speisekarte hin, gehst zurück an die Küchentür und wartest, bis Jerez ‚Ich mag dich doch!' zu Nadine sagt. Du zählst Zweiundzwanzig-dreiundzwanzig-vierundzwanzig, gehst zum Tisch und stellst deine Frage: ‚Haben Sie schon gewählt?'"

Nach der erfolgreich abgedrehten Szene saß ich allein am Tisch und füllte meinen Statistenbogen aus. Ein kleiner Schnipsel kullerte über das Formular. Ich blickte auf. Jerez stand da. Etwas verwirrt flatterte es frech aus mir heraus:

„Ah, deine Kontonummer?!" Darauf lächelte er, seine Augen strahlten.

„Tschüss!" Er drehte sich kurzerhand um und ging seine nächste Szene zu drehen. Ich schaute auf meinen Bogen und schrieb weiter. Das leichte Zittern meiner Hand verursachte ein fast unleserliches Datum. Unbeobachtet öffnete ich das von ihm zugeschobene Zettelchen … seine Handynummer! Verrückt!, war mein fixer Gedanke!

Den Schnipsel legte ich auf die Ablage ins Auto. Während der Fahrt schielte ich immerzu auf diesen Fetzen Papier. Eigentlich war es nicht meine Art, auf einen Mann zuzugehen und schon gar nicht, wenn er mir eine Telefonnummer gab, damit *ich* mich bei *ihm* melde. Zugegeben, er hatte etwas sehr Sympathisches an sich. Dieses gewisse unbeschreibliche Etwas! Sein Name, seine Augen, sein Lächeln … Ich hielt kurz am Supermarkt und kaufte mir einen italienischen trockenen Rotwein. Wieder im Auto, nahm ich den Zettel von der Ablage, faltete ihn auseinander und versuchte die Ziffern zu deuten. Zwei davon musste ich mühsam *erraten*! Ich klappte mein Handy auf, klappte es wieder zu, klappte es wieder auf, wieder zu – das tat ich tatsächlich *ganze neun* Minuten lang. Dann speicherte ich die Telefonnummer unter „Jerez-Darsteller" in der Namensliste ab und fuhr erst einmal weiter. Es war siebzehn Uhr. Ich würde heute Abend meinen kleinen Schützling Emilian hüten. Also konnte ich mich noch auf einen mikroskopisch kleinen Satz oder zwei, drei Worte für Jerez konzentrieren. Aber was sollte ich schreiben, *waas*? Meine Freundin Celly sagt immer, ich soll mich nie unter Druck setzen, wenn ich mir einer Sache nicht sicher bin.

Okay, ich *war* mir sicher. Ich hab doch nichts zu verlieren, außer … außer mal wieder Gefühle! Handyklappe wieder auf. Ich schrieb kurz und bündig:

„Einen netten Drehschluss für dich!", ging durch meine Namensliste, bis „Jerez-Darsteller" erschien. Ein letzter Tastenklick fürs Senden und – weg war der Text. Ein mulmiges Gefühl übermannte mich!

Julia wartete mit Emilian bereits auf dem Hof, wir waren um siebzehn Uhr dreißig verabredet. Ich war zehn Minuten zu spät. Das Wetter war mild und die beiden spielten fröhlich im Gras. Liz war noch nicht zu Hause, sie schwirrte wahrscheinlich wieder mit diesem „Volk" herum. In letzter Zeit hatte ich so meine Mühe herauszufinden, mit wem sie ihre Freizeit verbrachte. Ich schnappte mir den kleinen Emilian, während Julia, wie gewöhnlich, in Windeseile davonzwitscherte.

In meiner Wohnung traf mich der Schlag: das Waschbecken, die Badewanne, die Boden- und sogar die Wandfliesen meines gesamten Badezimmers waren mit großen blauen Flecken beschmutzt. Ich hatte es gleich dicke. Emilian setzte ich auf eine mollige Decke, doch wollte der lieber auf Erkundung und robbte über den Flur. Was hatte Liz hier wohl veranstaltet?

Mein Spülmittel schaffte es nicht, die hartnäckigen Flecken zu entfernen. Während ich mich im Bad plagte, räumte Emilian fleißig den Topfschrank aus und bald schepperte und schallte es durch die ganze Wohnung wie bei einer Orchesterprobe. Etwas angekratzt und genervt griff ich schließlich zur Chemie-Keule und schrubbte wie eine Irre. Mit Mühe und Not konnte ich schließlich die dicksten Flecken an den Kacheln beseitigen.

Piep-piep! Mein Handy! SMS – der Jerez-Darsteller …

„Na, schon zu Hause? Hab meinen Zug verpasst. Lust auf ein Glas Wein?" Hey! Nach zwei Stunden meldet er sich, wahrscheinlich hatte er jetzt Drehschluss.

Ich schrieb, dass ich zu Hause wäre, außerhalb von Leipzig wohne und heute Abend Babypflege übernommen hätte. Neugierig fragte ich ihn, wo er überhaupt wohnt. Auch wenn Emilian heute nicht da gewesen wäre, hätte ich sein Angebot abgelehnt. So schnell ein Treffen mit einem immerhin noch fast völlig fremden Mann – oh nein! Seine SMS-Antwort kam prompt.

„Großstadt Berlin. Würde mich über ein Wiedersehen sehr freuen!"

Berlin – knappe zwei Stunden Fahrt, oder eineinhalb, wenn man es sehr eilig hatte. Jerez schrieb noch eine weitere SMS, mit den bezaubernden Worten:

„Ein guter Grund, wieder mal nach Leipzig zu kommen, wäre der, deine schönen Augen zu bewundern!" Ich empfand seine gewählten Worte als sehr schmeichelnd. Trotzdem durchströmte mich geradewegs eine kleine Angstwelle. Wie auch immer, im Kennenlern-Anfangsstadium sollte man sich nicht so viele Gedanken darüber machen, was wohl werden könnte, wenn … oder was sein wird, falls …!

Nach dem Abendessen spielte ich noch ein wenig mit Emilian und brachte ihn schließlich ins Bettchen, ließ seine Spieluhr laufen, bis seine Äuglein müde blinzelten. Mittlerweile war es nach zwanzig Uhr, wo Liz nur wieder blieb – ach, da ging auch schon die Wohnungstür!

„Hey, Mama. Na?!"

„Mach bitte leise! Emilian ist gerade am Einschlafen. – Du meine Güte, wie schaust du denn aus?! Ich glaube mein Schwein pfeift! Sind wir hier beim Zirkus?", fragte ich erbost. Als Liz an mir vorbeilief, witterte ich kalten Zigarettenrauch.

„Schimpfe bitte nicht! Das ist cool. Meine Freundin hat das auch."

„Du überraschst mich immer wieder aufs Neue. *Türkisfarbene Haare!* Dementsprechend sah auch das Bad aus!", meine Augen blieben fast starr an Liz kleben. Ach, was soll's, lieber so als anders, dachte ich mir dann und wurde wieder ruhiger.

„Abendessen steht auf dem Herd. Püree und Fischstäbchen."

„Mhm lecker, Mama. Danke!" – Ich setzte mich ihr gegenüber an den Tisch und aß mit.

„Mit wem warst du unterwegs?", fragte ich nett.

„Mit 'ner Freundin."

„Wer ist deine Freundin?"

„Kennst du nicht."

„Jemand aus deiner Schule?"

„Nein."

„Danke für den Namen!", ich schüttelte ärgerlich den Kopf.

„*Mama!* – Es war Lena."

„Wer ist Lena?"

„Sie arbeitet bei ALDI und macht dort ihr Praktikum."

„Woher kennt ihr euch?"

„Über eine Freundin aus meiner Klasse, Melanie Schlichter. Lena ist ihre Schwester."

„Aha!" – So ein Hickhack um einen Namen zu machen!

„Raucht deine Freundin?"

„Ja. Warum?"

„Du riechst nach Zigarettenrauch. Hast du geraucht?" Ihr lächelnder Blick auf den Teller verriet mir die Antwort.

„Hab's mal probiert!"

„Und schmeckt's?"

„Nicht so!"

Sachlich erklärte ich ihr die negativen Auswirkungen von Nikotin auf den jungen sich noch entwickelnden Körper und wies sie auch darauf hin, dass rauchende Freunde ein zusätzlicher Risikofaktor sind, ebenfalls damit anzufangen. Liz tat dies mit einem „Okay" ab. Ich hoffte sehr, dass sie die Finger davon ließ. Auch wenn ich ab und an eine rauchte, ich tat es nie zu Hause. Zigaretten nur zu kaufen war schon ein Tabu. Wenn, dann schlauchte ich eine bei Celly oder meiner Schwester.

Liz ging nach dem Essen gleich ins Bett. Ich schaute kurz nach Emilian, er schlief zufrieden mit seinem Schnuller im Mund. Dann telefonierte ich noch kurz mit Celly und wir verabredeten uns für den Samstagnachmittag. Um den Abend gemütlich zu beenden, köpfte ich eine Rotweinflasche und goss mir einen Schoppen ein. Entspannt legte ich mich auf mein Sofa und schob mir einen schönen deutschen Klassiker in den Videorecorder ein: Das Mädchen Rosemarie. Während der Vorspann lief, schlug ich im Fremdwörterbuch den Namen Quidam nach. Ja, da war er, seine Bedeutung war: Ein gewisser Jemand! Meine Skepsis gegenüber Beziehungen flammte auf, bewegende Mächte des Dramas von Liebe, Hass, Verletzung.

Nach dem sehr ergreifenden und tragisch endenden Film legte ich mich nachdenklich berührt ins Bett. Ich zog meine Bettdecke bis zum Hals und schlief sofort ein.

Samstag früh gegen neun Uhr wurde ich wach gepiepst. Jerez hatte geschrieben.

„Ein Frühstück zu zweit wäre jetzt sehr schön!", – welch ein schöner Gedanke von ihm!

Ich streckte und räkelte mich noch ein wenig, um wach zu werden und schrieb zurück.

„Würde mir jetzt auch gut gefallen!"

*

Wie so oft hatte uns Oma am Wochenende zum Mittagessen eingeladen. Leider stattete ich ihr heute mal wieder den Besuch alleine ab, Liz würde wahrscheinlich bis in den Nachmittag hinein schlafen. Oma war heute ausgesprochen gut gelaunt und auffallend gesprächig. Solche Momente fasste ich immer ab, um über ihre erlebte Zeit im Krieg zu plaudern. Ich setzte mich neben sie aufs Sofa, nahm mir eine Zeitung und fragte interessiert:

„Du, Oma! Erzähle mir bitte von deinen Eltern! Was war damals mit ihnen passiert?", fragte ich ganz Ohr.

„Meine Mama starb mit achtundvierzig Jahren an einer seltenen Krankheit. In diesen Zeiten gab es noch nicht so wirksame Medikamente, um sie richtig zu behandeln. Oh, und mein Papa …" Ich legte die Zeitung beiseite, lehnte mich in die Sofaecke und hörte gespannt weiter zu.

„… es war an jenem sonnigen Herbsttag neunzehnhundertfünfundvierzig. Der Krieg war seit einigen Monaten vorbei. Ich war gerade siebzehn Jahre alt, meine Schwester Gerda war vierzehn und Rosemarie erst zwölf. Wie jeden Abend saßen wir gemeinsam mit unserer Mama beim Abendessen und wie immer waren alle sehr schweigsam. An diesem Abend fragte ich Mama leise, ob Papa nun bald wieder bei uns sein würde, da der Krieg doch vorbei sei. Sie sah uns der Reihe nach traurig an. Dann erklärte sie uns, dass Papa im Krieg gefallen sei, er jetzt im Himmel war und es ihm da oben sehr gut ginge. Und wie um ihren Kummer zu überspielen, meinte sie im gleichen Atemzug, dass sie für uns Kinokarten bestellt habe. – Tja, da blieb uns fast das Essen im Halse stecken, unser Geld reichte gerade so für die Lebensmittel, von Unternehmungen wagten wir nicht einmal zu träumen. Ich fragte sie, woher denn das Geld dafür käme. Sie hätte mehrmals in der Woche viele, viele Stunden in der Fabrik gearbeitet und ein paar Münzen zurückgelegt, um uns etwas Besonderes bieten zu können, meinte sie.

Ich weiß noch genau, wie wir aufsprangen, aufgeregt zum Schrank wetzten, lachend unsere einzigen Kleider aus dem Schrank holten. Sie waren aus Resten von Leinenstoff zusammengeschneidert, am Saum mit einer Spitzenbordüre verziert …" –

Oje, wie vertieft Oma in ihrer Erzählung war, ihre Augen leuchteten so schön als würde das alles gerade jetzt geschehen, ich war völlig hingerissen, einfach verzaubert. –

„… und somit war das Thema Papa für den Moment vergessen. Wir waren so stolz auf unsere Mama! –

Dann war es soweit. Erwartungsvoll rannten wir so schnell wie wir konnten zur Bus-
haltestelle, um die Vorstellung von Anfang an zu erleben. Der Bus kam um die Ecke
gefahren, die Tür öffnete sich direkt vor uns. Rosemarie und Gerda rannten fix hinein,
um freie Sitzplätze zu ergattern. Ich blieb noch kurz stehen, wollte erst den alten Mann,
der an der Tür stand, aussteigen lassen. Plötzlich musste ich ihn anstarren und mein
Mund blieb vor Schreck offenstehen. Der Mann trug einen durchlöcherten verschmutzten
Mantel, sein Gesicht sah dünn und traurig aus, seine Haare waren klebrig nass, seine
rot unterlaufenen Augen blinzelten mich trüb an. In diesem Moment war ich völlig be-
stürzt und wusste nicht, was ich denken sollte. Meine Augen wurden feucht und ich rief:

„Papa, Papa, PAPA! Bist du das?" Er fiel mir in die Arme und schluchzte laut
auf.

„Mein Mädchen, mein Mädchen!" Wir weinten bitterlich vor Freude und Leid und
hielten uns fest umschlungen. Gerda und Rosemarie kamen angerannt und wir drückten
uns alle fest an Papa.

„Du bist wieder da! Jetzt lassen wir dich nie wieder los!"

Fassungslos und ergriffen nahm ich meine weinende Oma fest in die Arme.

„So war das, meine Polly. Seid froh, dass ihr diese Zeiten nicht miterlebt
habt! Auch wenn die Welt heute nicht überall in Ordnung ist, genießt, was
das Leben euch bietet."

„Ach, meine Omi! Schön, dass wir dich haben!", sagte ich mit belegter
Stimme, holte uns zum Frohsein unsere Lieblingsspiele Dame und Mühle
aus dem Schrank und schlug vor, dass ich bis zum Kaffeetrinken bleiben
würde. Später ging ich noch mal in die Küche, um Jerez eine Nachricht zu
schreiben, mich interessierte brennend, was er wohl zum Samstagmittag so
trieb.

*

Als Omi mir ihre Geschichte erzählte, dachte ich auch an meinen Papa. Meine Eltern ließen sich scheiden als wir Schwestern acht und neun Jahre alt waren und wir haben es beide nie so recht verwunden. Sicher war es die richtige Entscheidung gewesen, auch wenn Mama uns von da an allein erziehen musste, denn die Zeit zu viert war für uns alle eine Belastung gewesen.

Wenn Papa wie so oft ein Schnäpschen zu viel getrunken hatte, ließ er sich hängen und beschimpfte und attackierte Mama. Meist war es spät abends, wenn er von seinem Kneipenbesuch nach Hause kam. Dann bedrohte er Mama auch körperlich und zeigte sich sehr aggressiv. Damit beschädigte er aber ebenso unsere Kinderseelen. Wir mussten mit anhören, wie die beiden sich stritten und anschrien und später die Türen knallten. Das versetzte uns Kinder jedes Mal in Angst und Schrecken. Jedoch taten wir so, als würden wir von all dem nichts mitbekommen, wir zogen uns die Bettdecken über den Kopf. Nanny und ich schliefen im Doppelstockbett – Nanny unten, ich oben. Eines Nachts war das Wortgefecht zwischen unseren Eltern so heftig, dass wir bitterlich weinten und schließlich mit unserem Kuscheltier im Arm zum Schlafzimmer der Eltern liefen. Zitternd drückte ich langsam die Türklinke runter und illerte vorsichtig durch den Spalt. Die Nachttischlampe brannte. Mama lag schluchzend auf dem Bett, das Kopfkissen hielt sie – wohl zum Schutz vor Schlägen – im Arm, und Papa brüllte wild umher. Es war eine furchterregende Situation. Keiner bemerkte uns. Mama tat mir so leid, dass mir bald das Herz zersprang. Nanny stand dicht hinter mir. Ängstlich zog sie mich zurück und wir flüchteten wieder in unsere Betten. Dabei ließen wir aber hinter uns die Schiebetür des Kinderzimmers mit voller Wucht zuknallen. Auf einmal herrschte Stille. Endlich. – Nanny und ich kuschelten uns in meinem Bett zusammen und schliefen irgendwann ein. Dieses Ritual wiederholte sich von da an immer wieder, es wurde unsere Waffe. Am nächsten Morgen aber ging alles so weiter, als wenn nichts gewesen wäre: Mama lächelte Papa an, er lächelte zurück. Nanny und ich lächelten auch. Es herrschte eitel Friede und Freude – bis zum nächsten Akt ...

Doch einmal im Jahr gab es eine Unterbrechung in diesem Familientrott, die wundervollste Zeit, auf die sich alle freuten. Das war unser Sommerurlaub, drei Wochen Zelten in Mecklenburg-Vorpommern. Hier schalteten wir alle ab, Harmonie verbreitete sich zwischen uns, Ruhe zog ein, der Alltag war weit weg, wir fühlten uns glücklich – ganze einundzwanzig Tage im Jahr, die uns als Familie einten.

Ich liebte das ruhige Leben bei meinen Großeltern und verbrachte dort einen Großteil meiner Kindheit. Ich vergötterte den kleinen Bauernhof mit den Kaninchen, Schweinen,

Tauben, Hühnern und einem Schimmel-Pony. Die Tiere beruhigten mein unausgewogenes unstetes Innenleben. Am meisten aber verehrte ich meine Omi, sie war mir wie eine Mutter, sie liebte mich über alles und ich sie.

Das ständige Hin und Her zwischen Wahnsinn und Vernunft hinterließ auch bei uns Kindern Spuren – und vielleicht liegt da der Grund für meine emotionale Sprunghaftigkeit, die man mir oft nachsagt. Natürlich liebten wir unseren Papa, nur wenn er handgreiflich wurde, hielten wir zu Mama. Trotzdem brach für uns Kinder eine Welt zusammen, als wir hörten, dass sich unsere Eltern scheiden lassen wollten. Wir litten sehr darunter und konnten uns nicht vorstellen, wie wir ohne Papa weiterleben sollten. Er kam dann ab und zu, um seine Töchter zu sehen, aber meistens gab es Krach zwischen Mama und ihm und so wurden seine Besuche seltener. Vielleicht war es das Beste, um all den Streitereien aus dem Weg zu gehen.

Von da an meisterte Mama ihr Leben als Single und ich finde es toll, wie sie das geschafft hat. Nanny und ich schauen auf zu unserer Mama – sie glänzt in unseren Augen und wir bewundern sie für all ihre Mühe und Aktivität.

Papa ließ sich sieben Jahre später wieder in den Bund der Ehe eintragen. Leider gab es ständig Probleme zwischen seiner neuen Frau und uns Mädels. Sie hatte ebenfalls eine Tochter und Papa war ziemlich überfordert damit, uns drei unterschiedliche Mädels unter einen Hut zu bringen. Er versuchte weiter, mit uns in Kontakt zu bleiben, doch seine Frau war wohl auch eifersüchtig und sabotierte häufig unsere Verbindung. Wir hofften inständig, dass Papa diese Beziehung mit der Zeit lösen würde, denn er veränderte sich uns gegenüber sehr, er wurde zurückhaltend und schweigsam. Doch unsere Hoffnung erfüllte sich nicht und nach wie vor werden wir von seiner Frau nur geduldet. Ich weiß, dass auch Papa unter diesen Querelen litt und bis heute leidet.

Nach dem Kaffeetrinken bei Omi machte ich mich auf den Weg zu Celly, die mich sicherlich schon erwartete. Unterwegs bekam ich die SMS-Rückantwort von Jerez.

„Lerne gerade Text, dann aufräumen und noch spazieren gehen."

Ich stellte mir vor, wie er paukte, putzte und durch den bunten Herbst bummelte, dann malte ich mir aus, wie es wäre, wenn ich ihn abhörte, mit ihm Ordnung schuf und zusammen Hand in Hand durch den Märchenwald schlenderte. Welch ein lieblicher Gedanke!

Völlig außer Atem, aber dennoch freudestrahlend erreichte ich Cellys Wohnung im vierten Stock. Da ich mich mit Sim-sallabim-bamba-Tönen an der Sprechanlage angekündigt hatte, stand ihre Wohnungstür zum Eintreten offen.

„Celly?", rief ich völlig aus der Puste.

„Komm rein! Bin in der Küche", schrie sie lauthals durch die Wohnung.

Auf dem stockdunklen Flur konnte ich keinen Lichtschalter ertasten und stürzte zur Begrüßung der Länge lang hin, wobei ich an die Küchentür stieß, die auch sogleich aufsprang. Ein in der Mitte deponierter Staubsauger, den Celly als Schnäppchen-Angebot für goldige zehn Euro hatte ergattern können, hatte meinen Sturz verursacht.

„*Typisch!*", fluchte ich. Das Thema Ordnung gehörte nicht zu ihren Lieblingsbeschäftigungen. Celly hörte und sah nichts von dem Krawall, sie hatte ihr Radio voll aufgedreht und übte sich in schwingenden Bewegungen zu flotten Salsa-Klängen. Ich betrat die Küche und gewahrte durch eine dicke Nebelwand den von Unterlagen zugedeckten Tisch und eine mit beschmutztem Geschirr vollgestellte Küchenzeile. Nach einer schwungvollen Drehung bemerkte sie mich und drehte die Musik leiser.

„Hey! Küsschen, meine Süße!", begrüßte sie mich angeschlenkert. „Hatte zwei alte Bekannte zu Besuch, der eine war ein übler Kettenraucher", sagte sie offen heraus.

„Hey! Dein Staubsauger war schneller bei der Begrüßung", und ließ meine Augen hin und her kreisen.

„Wie jetzt?"

„Ach, schon gut!"

Ich wollte nicht näher auf mein kleines Missgeschick eingehen und öffnete erstmal die Balkontür, um die dunstige Rauchwand mit Frischluft zu verdünnen. Dann ging ich zum Küchentisch, schob die Unterlagen zu einem Stapel zusammen, legte den auf einen Hocker und setzte mich auf einen ihrer Klappstühle. Celly goss kochendes Wasser in die vorbereiteten Cappuccino-Tassen.

„Na dann, schieß mal los! Was gibt's denn so Spannendes zu berichten?" Sie positionierte sich auf ihrem grünen Küchenklappstuhl. Ich wusste gar nicht, wie und wo ich anfangen sollte und genehmigte mir vor Plauderbeginn einen Schluck von meinem Cappuccino.

„Fang an! Ich bin ganz Ohr! Wer ist es denn? Mann oder Frau?", zappelte sie hellhörig hin und her.

„Ein Mann!" Meine geschätzte Neigung zu beiden Geschlechtern war ein unergründlicher Seiltanz.

„Komm, lass uns eine rauchen!", sagte Celly.

Ab und zu rauchte ich, mal zu einem Glas Wein oder auch bei aufregenden oder spannenden Themen. Das war eben der Fall. Ich zündete mir die von ihr zugeschobene Zigarette an.

„Also … ich hab dir doch von diesem Spielfilm erzählt, dort war ich dann auch … tja … na jedenfalls habe ich am Set jemanden kennen – kurz und gut: Es ist ein Schauspieler!", so schwärmte ich vor mich hin.

„Ein Schauspieler! Und?"

„Wir drehten in der Sankt-Elios-Klinik und den ersten Eindruck bekam ich im OP-Saal und … Unser Kontakt basiert momentan auf Zeilenkommunikation – per SMS!" Ich las Celly einige von seinen Nachrichten vor.

„Was sagt dein Gefühl dazu, Celly?"

„Bisher hat das, was du vorgelesen hast, angenehm geklungen und er scheint interessiert zu sein. Schon verliebt?", fragte sie etwas skeptisch.

„*Verliebt?* Nein – doch nicht so schnell! Das wäre ja total crazy. Wir schreiben uns halt ein bisschen, es ist ja bisher kein großartiges Gespräch zustande gekommen."

„Du, Polly, im Grunde genommen weißt du doch gar nichts von ihm. Vielleicht ist er sogar verheiratet und hat zwei oder drei Kinder? Frag ihn doch mal!"

„Fragen? Meinst du?", erwiderte ich murmelnd.

„Immerhin hat er dich gleich mit einer Fragekette am Set bombardiert, ohne dich zu kennen. Nicht, dass du dich richtig in ihn verliebst und erfährst später die Wahrheit …"

Ich hatte doch nichts zu verlieren, außer … außer mich erneut in ein Gefühlschaos zu verstricken – aber eine Antwort zu bekommen, die nicht meinen Vorstellungen entsprach, würde mich ein wenig grämen.

„Los, frag ihn! Schreib ihm – kurz und bündig."

Ich klamüserte verschiedene Texte auseinander und wieder zusammen, um die SMS formgerecht zu schreiben.

„Zünd uns bitte noch ein Pfeifchen an!", sagte ich nervös und grübelte ganze zehn Minuten am Wortlaut herum.

„Wie schaut es eigentlich mit deinem Privatleben aus?"

Während ich fieberhaft auf seine Antwort wartete, tischte Celly die ersten Lebkuchenherzen auf und bereitete uns eine heiße Schokolade. Sofort erwachten bei mir die Weihnachtsgefühle, in sieben Wochen würde es soweit sein.

„Und was macht dein Sim-salla-bim und Bla-bla-bla?", fragte Celly ironisch und ließ sich auf den Klappstuhl fallen.

Ich musste herzhaft lachen, ich zeigte ihr ein „verkorkstes" Minenspiel, das im Schauspieltraining auf dem Plan stand und präsentierte ihr, wie man die Gesichtsmuskulatur trainiert. Celly und ich benahmen uns wie zwei Kasperköpfe und vollführten übertriebene Betonungen. Wir lachten und kicherten dermaßen ausgelassen und verlängerten damit unser Leben bestimmt um mehrere Monate!

„Spaß beiseite! Ehrlich gesagt, frisst die Schauspielschule mich auf Dauer finanziell auf. So schnell hab ich doch gar nicht mein Geld verdient", sagte ich etwas gedrückt. „Du weißt, Celly, ich bin von Haus aus optimistisch, doch was ist, wenn sich die Aufträge von den Firmen reduzieren?"

Um die Schauspielstunden weiterhin bezahlen zu können, hatte ich mir nebenher noch Arbeit in Papas Transportunternehmen verschafft, das er seit fünfundzwanzig Jahren auf selbstständiger Basis betrieb. Nanny war die Tapfere, die bereits seit mehreren Jahren in seiner Firma Büroarbeiten erledigte. Es gab überreichlich Papierkram zu erledigen. Glück für mich, die erdrückenden Stapel mussten rasch weggearbeitet werden. Papa war über mein Angebot ihn zu unterstützen erfreut gewesen und ich verdiente ein paar Mäuse nebenbei. Zusätzlich hatte ich mich als Fahrradkurier beworben, auch um meine sportlichen Aktivitäten intensiver zu betreiben. Ach, und da gab es noch die gute Frau Hemmler, die mich zu verschiedenen Drehs schickte – resümierte ich.

„Du als unser ,Multitalent' bekommst das schon alles gebacken", bestärkte mich Celly.

Ups! Mein Handy summte – der Jerez-Darsteller! Nach schätzungsweise dreißig Minuten kam die Antwort auf die Frage nach der „Wahrheit"!

„*Und?* Wie hat er sich geäußert?"

„Zitat: Es hat sich noch keine für mich interessiert!"

Wir schauten uns verdutzt an und glaubten der Sache nicht so recht – prompt piepte das Handy ein zweites Mal.

„Ich habe keine Kinder, bin nicht verheiratet, aber liiert, doch jeder hat seine eigenen vier Wände. Alles klar? Schreckt dich das ab?"

Mein erster Gedanken war: ist das Taktik oder Spiel? Ich las es sofort Celly vor. Begeistert schien sie nicht, sie hatte mal eine Erfahrung mit einem verheirateten Mann gemacht, was ein totaler Reinfall gewesen war. Natürlich schreckte mich diese Nachricht im Moment ab, ich hatte keine Lust, als Ersatzrad zu fungieren und wollte mich partout nicht in eine Beziehung einmischen. Das Einzige, was ich positiv fand, war, dass er kinderlos und ledig war. Ich hielt mir seine leidenschaftlich verfassten Texte vor Augen und schrieb ohne lange zu überlegen:

„Was soll ich denn für eine Rolle spielen?"

Auch von meiner Freundin Susan wusste ich, dass sie sich vor ihrer Ehe in einen überaus attraktiven Holländer verliebt hatte, der aber in einer Beziehung steckte und dass sie durch das ständige Auf und Ab mächtig gelitten hatte. Jerez antwortete sofort.

„Ich suche nach der Zukunft!"

Nach der Zukunft! Also, schlussfolgerte ich, ist er in seiner Beziehung nicht glücklich und sucht nach der eigentlichen Liebe. Celly riss mich aus den Gedanken.

„Willst du es wagen oder nicht?"

Tja, sollte ich mich zurückziehen oder mich auf ihn einlassen? Es war schon längst zu spät: das innige Verlangen, ihn näher kennenzulernen, war stärker als mein klarer Verstand, der sich wahrscheinlich anders entschieden hätte. Ich wünschte ihm noch einen erholsamen Abend und ging nicht näher auf seine Worte ein.

Mein Blick auf die Uhr an Cellys Backofen zeigte mir, dass es an der Zeit war, ins eigene Reich zurückzukehren.

„Tschau, Celly. Danke für das weihnachtliche Gedeck!"

„Bis bald! Halt mich auf dem Laufenden mit Mr. Jerez."

*

In Gedanken versunken irrte ich mit dem Auto durch die Straßen von Markburg und dachte fortwährend an Jerez. Ich hatte mir fest vorgenommen, die Sache vorsichtig und locker anzugehen und bloß nichts zu überstürzen. Ich lauschte in mich hinein und verspürte auf einmal große Lust, etwas Kreatives zu gestalten. Ich fuhr kurzentschlossen ins Einkaufscenter in die Leipziger Innenstadt und besorgte mir Ölfarben und eine Leinwand.

Zufällig traf ich dort Marlene, die aus dem Fitnessstudio kam. Erfreut über unsere unverhoffte Begegnung setzten wir uns auf ein Glas Wein in ein italienisches Restaurant.

„Was hast du denn Schönes gekauft?", fragte sie und schwenkte ihre vom Duschen noch feuchten langen Haare.

„Eine Inspiration für heute Abend!", und ich zeigte ihr meine Einkaufstüte mit den Farb- und Malutensilien.

„Inspiration?", fragte sie nachdenklich. „Dazu nimmst du doch Wein", lächelte sie mich mit ihrem Schmollmund an.

„Ja, richtig! Den hab ich zusätzlich dabei", entgegnete ich amüsant.

„Ah, da kommt der Kellner! – Zwei Gläser vom trockenen roten Hauswein bitte."

„Mensch, Marlene! Ich glaube, ich rutsche gerade in eine ähnliche Situation hinein, wie Susan damals vor ihrer Ehe", plauderte ich salopp heraus.

„Oh je, ein Mann mit Anhang?", kam es unvermittelt über ihre Lipgloss-Lippen, dann verstummte sie für einen Moment.

„Es ist ein Schauspieler aus Berlin und er ... und ...!"

„Du kennst meine Einstellung dazu, deiner Schilderung nach, scheint er zwar interessiert zu sein, aber ich hoffe, dass du nicht nur eine ‚Bettgeschichte' für ihn sein sollst!", betonte sie rührig.

„*Marlene*!", stöhnte ich ächzend auf. Ich wusste, worauf sie hinaus wollte.

„Ja-ja, ich weiß. Man hat seinen eigenen Kopf und entscheidet wie's gerade passt", redete sie aufgeregt auf mich ein. Ich ließ Marlene in ihren Empfindungen und Gedanken. Jedenfalls würde ich sie an Neuigkeiten teilhaben lassen. Gemeinsam verließen wir das Lokal.

Gegen zwanzig Uhr dreißig war ich daheim und zauberte mir ein schnelles Abendessen. Mein Kühlschrank bot nicht viel, also nahm ich Spinat mit Gorgonzola aus dem Tiefkühlfach und kochte mir dazu Spirelli. Liz verbrachte diese Nacht bei Oma, die sich riesig freute, dass Liz endlich mal wieder bei ihr übernachtete. Ich hatte also sturmfrei und konnte mich geruhsam aufs Malen stürzen.

Nach dem Essen schnappte ich mir mein Rotweinglas und stellte es auf den Wohnzimmertisch. Dann betrat ich die Stiege zum Dachboden, um meine Staffelei zu holen. Da fiel mir plötzlich mein schrecklicher Traum wieder ein. Wenn ich abends nicht einschlafen kann, spinne ich mir in den fanatischsten Bildern zusammen, was sich auf meinem Dachboden wohl abspielen könnte, der sich vom Bad bis über das Schlafzimmer streckte. Ich lasse dann meine Gedanken wandern und malte mir die schlimmsten Horrorszenarien aus. Indem ich mich in eine Gruselwelt hineinsteigere, träume ich auch entsprechend grauenhaft.

Um auf den Dachboden zu gelangen, muss ich eine Luke herunterklappen und eine Holztreppe überwinden. Diese Treppe fehlte merkwürdigerweise in meinem Traum und über die offene Luke war eine Plastikfolie gespannt. Ich wusste, was sich Irres dahinter verbarg. Todkranke Tiere hielten sich hier auf. Ich sah sie genau vor mir – eine schwarze Katze ohne Schwanz und mit nur zwei Vorderbeinen, ein Hahn ohne Kopf, der aber „Kikeriki" rief, ein abgemagerter Hund ohne Fell, dafür mit einem Glasauge sowie drei Fische mit je sechs Beinchen. Dieser Anblick allein war schon gruselig. Die Wesen wollten, dass ich zu ihnen nach oben käme und mit ihnen spielte, sogar der kopflose Hahn rief nach mir. Leise stieg ich aus dem Bett und schlich zur Luke. Mit starrem Blick und nassen Augen sah ich ängstlich nach oben. Alle Tiere schauten durch die Folie auf mich herab und flüsterten:

„Wir ziehen dich rauf, wir ziehen dich rauf! Komm, spiel mit uns!" Plötzlich fingen sie an, überall zu scharren, sich zu wälzen, zu kämpfen und zu kreischen. Sie fielen wild übereinander her und eine dickflüssige Blutlache bildete sich auf der gespannten Plane. –

In diesem Augenblick schreckte ich entsetzt aus dem Schlaf. Ich war schweißgebadet und schluckte trocken. Ich riss die Augen auf und fühlte mich erleichtert, dass ich in meinem Bett lag. Gott sei Dank, es war nur ein Traum gewesen!

Ich schüttelte diese gruseligen Gedanken ab und stieg beherzt die Treppe empor. Nachdem ich ein paar herumstehende Kisten und Kartons zur Seite geschoben hatte, zog ich meine leicht verstiebte Staffelei und die Ölfarben hervor und bugsierte das störrige Material nach unten.

Endlich wieder malen! Ich legte mir eine CD ein mit Meeresrauschen und Delfingesang. Dann saß ich vor der leeren Leinwand. Durch meine Gedanken kreiste mein buntes Leben, das manchmal einer Märchenwelt glich. – Ich genehmigte mir einen Schluck Wein und während das Bild langsam Form annahm, tauchte ich allmählich in ein anderes Universum ein ...

*

Der November neigte sich dem Ende zu und bald würde der Winter hereinbrechen. Meine Gedanken kreisten unablässig um Jerez. Seit der Begegnung am Set waren mittlerweile sechs Wochen vergangen und mindestens eine SMS pro Tag erreichte nunmehr den jeweils anderen. Er schrieb mir, dass er eine vor Jahren gegründete Schauspielschule in Berlin-Mitte leite, die ihm offensichtlich viel Arbeit bescherte, ich wusste inzwischen auch, dass sich sein Wohnsitz in Berlin-Wannsee befand und dass wir uns, seiner Meinung nach, momentan in der „Testphase" befänden. Ich fand es schon eigenartig, diese Handykommunikation. Vielleicht sollte ich mich mal einer eingehenden Analyse unterziehen? Das stellte bestimmt eine gute Grundlage für unser „erste Treffen" dar ... All seine Nachrichten – es waren inzwischen siebenunddreißig – speicherte ich im Handy.

Vor vier Tagen hatte Celly bei mir übernachtet. Einmal pro Woche führen wir unseren Massageabend durch. Es gibt jedes Mal ein kleines Geplänkel, wer als erstes dran ist, denn nach der entspannten Rücken-Kur will keiner seine frisch gesammelten Kräfte wieder verausgaben. Wir schauten einen echt durchgeknallten Psycho-Film mit Kathy Bates dazu an, der so spannend war, dass es eigentlich egal war, wer mit dem Durchkneten begann.

Ausgerechnet an der Stelle, wo die Protagonistin dem Autoren beide Füße brechen will, klingelte mein Handy. Auf dem Display leuchtete „Jerez-Darsteller" auf. Vor lauter Schreck fand ich die Stummtaste auf der Fernbedienung des Fernsehers nicht und drückte schließlich auf Off. Der Anruf kam völlig unerwartet und ich war mit keiner Silbe auf ein Gespräch mit Jerez vorbereitet, also ließ ich das Handy – mit einem Puls von wahrscheinlich fünfhundert – klingeln und verharrte stumm.

„Geh schon ran!", sagte Celly.

„Was soll ich denn sagen?", stotterte ich aufgeregt.

„Na, mach schon. Geh ran!", wiederholte sie. – Panikgetrommel strömte durch meinen Körper. Dann schlug ich die Klappe hoch:

„Hallo!", sagte ich leise.

„Jerez, guten Abend!", war sein Auftakt. Total perplex entgegnete ich wiederum sehr leise:

„Du, es ist gerade sehr ungünstig. Ich sitze in einem Meeting", und klappte das Telefon schnell zu. Ich dachte mein Herz kollabierte. Oh Scheiße! Wie dümmlich von mir! Ich hätte mir in den Hintern beißen können. Aber ich war so verwirrt und irritiert, dass ich mit größter Wahrhaftigkeit nur Unsinn gequasselt hätte. Celly tönte:

„Na dann eben beim nächsten Mal. Mach dich nicht verrückt. Du sitzt jetzt für ihn in einem ‚Meeting'. Schreib ihm doch nach deinem ‚Meeting' noch 'ne nette Simse." –

Ja klar im „Meeting", hätte ich etwa sagen sollen, dass gerade meine Freundin auf meinem Hintern sitzt und mir auf dem Rücken herumdrückt?! Es war eine reine Notlüge, denn schwindeln gehört nicht zu meinen Grundprinzipien. Sein erster Anruf nach fast sechs Wochen und ich würgte ihn mit einem „Meeting" ab!

Nach unserem Massageabend stieg ich mit leichtem Herzbubbern in Cellys Doppelbett und konnte lange nicht einschlafen. Dauernd dachte ich an seinen Anruf, den ich einfach mal total vermasselt hatte. Ich knipste das Licht wieder an und versuchte mich mit einem Buch abzulenken. Zwei Stunden später, vier Minuten vor Mitternacht, schrieb ich ihm dann doch noch eine SMS.

„Danke für deinen netten Anruf. Wolltest du etwas Bestimmtes?" Seine Antwort benötigte nicht mal eine Minute.

„Nein – nur deine Stimme hören!"

Allein seine Worte „*Jerez, guten Abend!*" spukten durch meine nächsten Träume und gingen mir Tage später noch durch den Kopf.

*

Wie die Zeit verging! In drei Tagen war der zweite Advent. Gemäß meiner Tradition stellte ich bereits am ersten Advent meinen künstlichen Tannenbaum auf, der abgedeckt, geschmückt und jederzeit abholbereit auf dem Dachboden wartet, da ich zu faul bin, den Baum jedes Mal neu an- und abzuschmücken. Jedoch frischte ich ihn mit Schneespray auf, sodass er ein märchenhaftes Ambiente in die Stube zauberte. Ich stellte ihn in voller Pracht, mit bunter Lichterkette umschlungen, hinter meine Eckcouch und brauchte nun nur noch meine rechte Hand auszustrecken, um ihn einzuschalten, dies fand ich sehr bequem!

Ich verzichtete ausnahmsweise auf einen vorweihnachtlichen Heimabend, da ich zur Abschlussfeier einer Fernsehproduktion eingeladen war. Genialerweise hatte ich vor Kurzem eine gut bezahlte Rolle als Gräfin in einer Dokumentation erhalten. Eine ganze Woche verbrachte ich mit kompetenten erfahrenen Leuten am Set und wir drehten bis in die späten Abendstunden auf verschiedenen Burgen: Elftes Jahrhundert, perfekte Kleidung, perfektes Make-up, perfekte Kulissen. Mittelalter pur! – Für mich eine unsagbar eindrucksvolle Erfahrung.

Entsprechend der Drehorte, fand die Feier in einem mittelalterlichen Kellergewölbe statt. Das Thermometer zeigte bereits Temperaturen unter dem Null-Punkt an, was mich nicht gerade dazu verlockte, das gemütlich warme Heim zu verlassen. Außerdem musste ich mit dem Auto fahren, konnte also Rotwein nur in Maßen konsumieren!

Ich schlüpfte in meine Bluejeans, zog mir einen khakifarbenen Baumwollpulli über und machte mich im Bad ausgehfertig. Dabei überlegte ich, Sebastian anzurufen. Er hatte ebenfalls eine Rolle bekommen, doch war er nicht eingeladen worden. Sebastian war etwas jünger als ich, studierte Theaterwissenschaften und sah ganz gut aus. Er war humorvoll und wir hatten immer eine Menge zu Lachen beim Dreh.

Die Produktionsfirma hatte in der Einladung erwähnt, dass man in Begleitung erscheinen durfte. Also versuchte ich, Sebastian auf dem Festnetz zu erreichen.

„Sebastian, Polly hier! Kommst du mit zur Mittelalterfeier?", plapperte ich gleich los. „Sich treffen, was Kleines trinken und lustig sein. Vielleicht bahnen sich neue Kontakte an!", drang ich in ihn.

„Aber ich bin doch gar nicht eingeladen", zögerte er.

„Na und! Man kann jemanden mitbringen. Ich dachte dabei an dich. Das ist doch was, oder?"

„Wann und wo?", warf er geschwind ein. Wusste ich es doch – er wollte es sich nicht entgehen lassen!

„Schön, das wird bestimmt lustig! Lass uns zwanzig Uhr am Stockhaus treffen. Dort kannst du dein Fahrrad abstellen. Schaffst du das oder musst du dich noch schminken und die Zöpfe flechten?", flapste ich. Sein fülliger Haarschopf fiel ihm bis über die Schultern und war schwarz wie die Nacht. Manchmal zog er sich ein buntes Band um den Kopf und glich dann Winnetou.

„Bin pünktlich da!"

„Okay, Winnetou!"

Als ich Liz Gute Nacht sagen wollte, schlummerte sie längst eingekuschelt unter ihrer weichen Flanell-Bettdecke. Nebenbei hörte sie Ramstein – wie kann man denn dabei schlafen? Ich kräuselte meine Nase und schaltete den CD-Player aus, gab ihr noch ein Küsschen auf die Stirn und schlich mich nach draußen.

Sebastian kam angedüst und stellte sein Rad direkt vor dem Stockhaus ab. Sein buntes Zigeunerband trug er heute nicht – bloß gut! Ich tippte kurz an die Lichthupe und er kam zu mir rübergelaufen. Er ließ sich auf den Beifahrersitz fallen und drückte mir einen Schmatzer auf die Wange.

„Na, meine Schöne!", ließ er herzlich verlauten.

„Na, mein Held!", und ich gab Gas.

Nach paar Minuten erreichten wir unser Ziel und spazierten gemeinsam die Treppe zum Kellergewölbe hinunter. Uns empfing eine gewaltige Menschenmasse. Ich zippelte Sebastian an seinem weichen grau-weiß gestreiften Hemd und zog ihn vorsichtshalber an meine Seite, um ihn nicht aus den Augen zu verlieren. Wir gingen an die Bar, wo zwei einsame Barhocker auf uns warteten. Sebastian stupste mir mit seinem Zeigefinger an den Oberarm.

„Hast du zufällig einen Feldstecher dabei? Ich glaube, da hinten ist die Schauspielerin, die ich schon beim Dreh so charmant fand."

„Du Lustmolch! Jetzt trinken wir zum Warmwerden erstmal ein Gläsel, dann kannst du dich ja durch die VIPs wurschteln!"

„Zum Wohl!"

„Auf einen erfolgreichen Abend!"

Sebastian verschwand und ich leerte genüsslich mein Weinglas. Dann stiefelte ich los, um Nachschub zu besorgen. An einer Säule entdeckte ich Sebastian, mit der Person, die er wahrscheinlich hatte näher ins Visier nehmen wollen. Ich schlenkerte langsam zu ihnen hinüber.

„Hey, ich bin Maria!", stellte sich die Bekannte vor.

„Ich bin Polly, hey!"

Sie war ein hübsches kleines zierliches Wesen mit aschblondem Bob-Schnitt. Wir verfingen uns sofort in Fragen des Schauspielerlebens, was Sebastian fürchterlich langweilte und schließlich vertrieb. Wir quatschten munter drauf los. Ich erzählte von meiner Ausbildung an der Private Actors School. Doch auf die war sie nicht gut zu sprechen. Sie kannte die Unterrichtstechniken und meinte, dass sich die Trainer auf die Theaterausbildung spezialisiert hätten und ihre Vorgehensweise nicht besonders erfolgversprechend wäre. Auch sei das Stundenhonorar eine Unverschämtheit. Maria legte mir überzeugend ans Herz:

„Wenn du weiterkommen willst, richtig gut werden willst und dein Ziel erreichen möchtest, dann kann ich dir eine absolut erfahrene Schauspielerin empfehlen, die sich auf Sprecherziehung, Gesang und Casting-Vorbereitung spezialisiert hat und die wirklich richtig gut ist!"

„Klingt ja nicht schlecht", freute ich mich.

„Hier ist ihre Telefonnummer. Ihr Name ist Katharina Elbster."

„Ist echt nett von dir! Danke!"

Sebastian und ich hatten uns an diesem Abend endgültig aus den Augen verloren. Ich unterhielt mich dennoch bestens und blieb fast bis zum Ende der Veranstaltung. – Gegen zwei Uhr lag ich zufrieden und müde in meinem Bett.

*

Endlich Wochenende! In der Küche auf meinem Korbstuhl kauernd, die Ellenbogen auf die Fensterbank gestützt, schaute ich trübselig auf die kahlen Bäume mit den darin hockenden Krähen. Das neblig feuchte Wetter drückte mir heute ganz schön aufs Gemüt, zusätzlich zur Nachricht, die ich um neun Uhr sieben von Jerez erhalten hatte.

„Hab momentan geschäftlich viel zu tun und da ich ab nächster Woche drei Wochen Urlaub in Kuba mache, muss ich verschiedene Dinge vorbereiten, meine Süße!"

Gegen acht Uhr dreißig sendete ich einen lieben Guten-Morgen-Gruß zurück und wünschte ihm einen schönen erholsamen Samstag. Ich verkniff mir die Frage, ob er alleine oder in Begleitung reiste, denn das konnte ich mir selbst beantworten. Drei Wochen Kuba, also über Weihnachten und Silvester. Da verreist doch kein Mensch alleine! Immerhin, er war schließlich liiert.

Was ich in diesem Augenblick dachte und wie sich das für mich anfühlte? – Ich dachte das, was wahrscheinlich jede Frau in solcher Situation vermutet: sein Urlaub stand sicher schon länger fest, war vor langer Zeit gebucht und bezahlt worden. Aber ich war auch erleichtert, dass es zum Glück zwischen uns bisher keine körperliche Nähe gegeben hatte – das beruhigte mich ungemein und verschaffte mir eine gewisse Genugtuung. Andererseits wunderte es mich, dass er in dieser ganzen Zeit nur ein einziges Mal versucht hatte, mich anzurufen. So oder so, ich war etwas angekratzt – und dann noch das miese Wetter da draußen!

Ach, was soll's? Ich würde mir eben einige ruhige Tage gönnen. Vom ersten Weihnachtsfeiertag bis über Silvester war ich schon verplant. Ich wollte mit meiner Schwester, deren Mann Benno, meiner Freundin Annelie und den Kindern zum Wintersport reisen. Darauf freute ich mich tierisch. Zu späterer Stunde, ich lag auf meinem Sofa, teilte ich es Jerez per SMS – wie auch sonst – mit.

Der heutige Tag würde sich besonders zum Plätzchenbacken eignen und auch Liz war von dieser Idee angetan. Wir frühstückten gemeinsam, durchstöberten dann zusammen unser Weihnachtsbackbuch und suchten uns ein Rezept heraus, das den Zutaten unseres Küchenschranks entsprach. Liz entschied sich für das Spitzbuben-Gebäck. Anstatt Himbeerkonfitüre, griffen wir auf Erdbeermarmelade zurück. Wir kneteten einen Mürbeteig, der dann eine Stunde abgedeckt im Kühlschrank stehen musste. Nun verschwand Liz in ihrem Zimmer und ich setzte mich in den bequemen Chefsessel an meinen Schreibtisch und bootete das Laptop hoch.

Ich gab „Jerez Quidam" ein und startete die Suche. – Tatsächlich, es gab eine Seite mit diesem Namen, neugierig klickte ich darauf. Es öffnete sich eine Homepage, die mit einem charmanten hübschen Portrait versehen sowie mit mehreren Zugängen ausgestattet war. Ich sah mir einen nach dem anderen an.

Zunächst machte er den Besucher mit seiner geschäftlichen Laufbahn bekannt. Der Leser erfuhr, dass er früher viel Theater gespielt und als Regisseur selbst kleinere Stücke inszenierte hatte – das fand ich sehr bemerkenswert, genauso wie sein Ganzkörperfoto, das ich schmachtend mit einem liebevollen Stöhnen anhimmelte. Was seine Fernsehkarriere betraf, bekam er etwa zwei bis drei Rollen pro Jahr – auf den ersten Blick nicht gerade die Masse. Konnte er überhaupt davon leben?, dachte ich. Wahrscheinlich nicht, da er parallel eine Schauspielschule gegründet hatte.

Jerez' privaten Seiten konnte ich ohne ein persönliches Passwort nicht öffnen! Ein persönliches Passwort! Auf der Homepage? Was hielt er wohl auf diesen Seiten verborgen? Er würde sicher hier nun nicht gerade seine Sexgeschichten preisgeben, aber wozu brauchte er dann diesen Schutz? Was für einen Sinn hat es, auf der eigenen Homepage Seiten aufzuführen, auf die andere keinen Zugriff haben?

Ich gab einen anderen Schauspielernamen ein, um zu prüfen, ob es vielleicht Usus wäre, sich mit Passwort-Eingabe zu präsentierten. Keine der von mir eingegebenen Personen hatte einen solchen Zugang. Dass er das Private so anonym hielt, verstärkte mein Gefühl, dass er vermutlich an seinem Selbstwertgefühl zweifelte.

Ich schrieb mir die Adresse seiner Schauspielschule und seiner Agentur für später auf, obwohl ich mich just im leidenschaftlichen Jerez-Rausch befand, aber der Mürbeteig hatte längst seine Ziehzeit überschritten.

Obwohl Wochenende war, rief ich noch fix bei der Schauspielerin Katharina Elbster an, um einen Termin für die nächste Woche zu vereinbaren.

Eine klare wohlige Stimme meldete sich am Telefon, ihre Worte klangen flüssig. Sie wollte mich persönlich kennenlernen und schlug sogar noch heute ein Treffen vor. Meine rasche Zustimmung passte eigentlich nicht in meine Planung. Und der Blick aus meinem Wohnzimmerfenster lockte mich auch keineswegs, das Haus zu verlassen. Die pitschige schwere Luft lastete immer noch auf dem Stadtviertel. Doch der Termin war verabredet und so verlegte ich meine Internetrecherche und alles andere auf später.

*

In dem vereinbarten Lokal Sobitus, in einer Kneipengasse, nahm ich gespannt und voller Erwartung in einem bordeauxfarbenen Kunstledersessel Platz. Ich war zehn Minuten zu früh da. Da es mich fröstelte, bestellte ich mir einen Pfefferminztee. Ich legte verschiedene Kopien auf den Tisch, wie es mich Hannes gelehrt hatte.

Mittlerweile waren achtundzwanzig Minuten vergangen, das Akademische Viertel also knapp überschritten. Ich fingerte nervös an meinem Rollkragen herum und ordnete zum zigsten Male meine losen Blätter. Ah, die Tür ging auf. Wie ein Wirbelwind schoss sie auf mich zu. Ich war das einzige weibliche allein sitzende Wesen.

„Polly?", fragte sie abgehetzt.

„Ja! Kathrina?"

„Hey! Tut mir furchtbar leid! In der ganzen Stadt ist Umleitung."

„Gerade wollte ich zum Handy greifen, aber …!"

Sie war mittelgroß, trug eine kurze dunkelblonde lockige Frisur und sah sehr sportlich aus. Sie setzte sich neben mir auf den freien Sessel und strahlte mich mit ihren blauen Augen an.

„Schön, dass du so kurzfristig Zeit hattest und gekommen bist", freute sie sich.

Ich spürte gleich ihre joviale weibliche Art. Meine anfängliche Unsicherheit und meine Skepsis verflogen.

„Ich hab sie mir genommen, die Zeit!"

„Maria gab mir einzelne Details über dein Vorhaben und *vor Allem*, Bescheid darüber, bei wem du gerade Unterricht nimmst", meinte sie schmunzelnd.

„So firm bin ich noch nicht in dieser Branche, dass ich einschätzen kann, was richtig oder falsch ist, beziehungsweise, was wichtig oder unwichtig ist."

Kathrina kannte natürlich die Unterrichtstechniken der Privatschule und war nicht besonders angetan davon, ja, sie äußerte sich sogar ziemlich negativ. Sie schüttelte den Kopf, raffte die Mundwinkel und sagte:

„Also, bei mir würde es folgendermaßen ablaufen …"

Ich hörte ihr neugierig zu. Ihre Informationen und die Art, wie sie mir alles erklärte, zogen mich förmlich in den Bann. Außerdem war ihr Angebot sehr preiswert, es machte einen Unterschied von zwanzig Euro aus und war nicht mit dem von Hannes vergleichbar. Sie war einfach genial, und entgegenkommend. Nach gut fünfzig Minuten stand der erste Termin für die nächste Woche fest. Jetzt musste ich schnellstmöglich bei Hannes kündigen.

Am späten Nachmittag war ich wieder zu Hause und widmete mich gleich dem Internet. Ich hatte jetzt Blut geleckt und folgte weiterhin Jerez' Spur. Seine Agentur befand sich in München, ich klickte auf die Seite. Die Frontpage öffnete sich, wieder ein Porträt von ihm, auf dem er mit einem flotten Drei-Tage-Bart äußerst edel und begehrenswert aussah. All seine Rollen und Filme, in denen er mitgewirkt hatte, waren chronologisch aufgelistet. Mir fiel auf, dass er gern in ernsten oder herrschenden Rollen besetzt wurde: als Patriarch, Chefarzt, als Täter oder Polizist, aber auch oft in Liebesabenteuern.

Mir fiel sofort der Spielfilm ein, bei dem ich ihn kennengelernt hatte. Auch da hatte er sich auf eine Affäre eingelassen. Ob es Schauspieler gibt, die sich in ihren Rollen so pudelwohl fühlen, dass sie diese im Privatleben weiterspielen oder an Mitmenschen in ihrem Umfeld ausprobieren? Reine Spekulation, beendete ich sogleich mein einsetzendes Kopfkino. – Ich las seinen Steckbrief: Seine sportlichen Aktivitäten förderten grazile Bewegungen, Yoga und Turnen, aber auch Segeln und Skifahren. Er sprach auch englisch, doch seine Muttersprache war französisch. Na bitte, da war sie doch, die Erklärung für seinen ausländischen Namen *Quidam*; der deutsche Franzose! Ich assoziierte sofort: Paris, die Stadt der Liebe! Er trug französisches Blut in sich!?

Ich klickte weitere Fotos an. Sein sinnlicher Blick aus rehbraunen Augen wirkte unsagbar sanft. Obwohl er aufgrund seines Gesichtsausdrucks auf mich herausfordernd, schelmisch, vielleicht ein klein wenig eigensinnig und von sich überzeugt wirkte. Meine Menschenkenntnis täuschte mich selten. Diese Aufnahmen verschafften mir natürlich auch nicht mehr Klarheit über ihn als Mensch. Trotzdem druckte ich mir zum „Überwintern" zwei von ihnen aus und legte sie unter die Glasscheibe meines Wohnzimmertischs, sodass ich „ihm" im Vorbeigehen ein sanftes Lächeln zuwerfen konnte.

Auf einer nächsten Seite erfuhr ich, was in seiner Schauspielschule seine Aufgaben als Coach waren, las Auskünfte über seine Kollegen und Allgemeines über Kurse und Info-Abende. Jetzt war ich behelfsweise informiert und würde ihm kein Sterbenswörtchen über meine Recherche erzählen. Ein Pool wissensdurstiger Fragen kribbelte noch immer in meinem Bauch.

Jetzt musste ich mich endlich ausruhen. Aus dem Kühlschrank holte ich mir einen Becher Buttermilch, schnitt mir Apfelstückchen und schmierte mir ein leckeres Käsebrot. Ich schaltete den Fernseher ein, warf die Mollidecke über mich und kuschelte mich hinein. Im gemütlichen Liegen antwortete ich Jerez auf seine SMS.

„Hey, Jerez! Wenn du die heiße Sonne in Kuba genießt, bin ich im Riesengebirge zum Skiurlaub. Wünsche dir einen netten Abend!"

Eigentlich verlief unsere Kommunikation auf einer ziemlich vertrauten Basis, und trotzdem immer mit einer gewissen Distanz.

*

Was für ein Zeitflug! In drei Tage war schon wieder Weihnachten und ich hatte noch nicht *ein* einziges Geschenk für all meine Lieben gekauft. In der Regel hatte ich alles eine Woche vorher fix und fertig unter meinem nie nadelnden Tannenbäumchen liegen. Ich empfand es als sehr bejammernswürdig, dass ich kein Minütchen Zeit gefunden oder Lust verspürt hatte, wenigstens ein klitzekleines Präsent zu erwerben, denn Weihnachten war für mich etwas ganz Besonderes: Das Fest der Familie!

Meine Gedanken flogen zu Jerez. Er lag seit knapp einer Woche als Sonnenanbeter unter kubanischem blauen Himmel und blickte von schattigen Plätzchen unter Palmen aufs türkisfarbene Meer. Maßlos enttäuscht hatte mich seine Abschiedsnachricht einen Tag vor Antritt seiner Reise. Ich bekam nicht mal einen Urlaubs-Abschieds-Anruf, mich erreichte nur ein schlichtes: „Ciao, Süße!" Obwohl wir zwar eine gewisse Distanz zueinander wahrten, fiel diese SMS wirklich mager aus. Vor allem nach so häufiger unermüdlicher Texterei, die so oft mit fühlenden Worten bestückt war. Gleichfalls belanglos fiel dann auch meine Antwort aus: „Ciao, Süßer!" Ich versuchte gelassen zu bleiben und nicht weiter darüber nachzugrübeln. – Der Anruf meiner Schwester kam mir dabei sehr gelegen.

„Bolly! Was machsdn duh grade? Isch gloobe, isch brauche noch soo ä bissel Zeisch forr Weihnachdn, wäschn Essn un Gedränge. Duh ooch?"

„Ja. Hab zwar keine große Lust, aber dann haben wir wenigstens die piekfeine Küche im Griff", ich grinste.

„Scheen, dah hohl isch disch in zähn Minuudn ab."

„Bis gleich."

So spontan fiel mir gar nicht ein, was ich für den Weihnachtsabend alles benötigte. Mittags waren wir zum Gänsebraten bei meinem Schwesterherz eingeladen, aber der Weihnachtsabend gehörte, wie eh und je, meinem geliebten engsten Familienkreis in meinen eigenen vier Wänden.

Da kam auch schon Nanny auf den matschigen Hof gebraust, den sie über alles verabscheute. „Frau Reinlich" war, wie es aussah, bei diesem grässlichen Wetter in der Waschanlage gewesen.

„Scheißhoof! Wieh isch dehn hasse. War ähbm in dorr Woschonlache – doll, eeh!", fluchte sie vor sich hin. Ich kicherte und versuchte sie zu besänftigen.

„Ich entschädige dich zu Weihnachten mit einem Herzensgeschenk!"

„Isch genne deine Geschänge. Duh blammiersd misch eh vor alln midd irschnd ä Gäg."

„Würde ich niemals tun, niemals mit dir, niemals!", und konnte mich vor Lachen nicht mehr beherrschen. Sie bekam natürlich prompt ein Witzgeschenk von mir. Ich erstand im Scherbenladen einen Staubwedel, an den ich sämtliche Schnappschussfotos aus den letzten zehn Jahren hängte.

*

Heilig Abend – das Fest der Liebe und Familie! Fast eine Woche war vergangen, seitdem ich nichts mehr von Jerez gehört hatte. Seine letzten Worte – *Ciao Süße* – lasteten schwer auf meinem Gemüt. Auch ich hatte meinen Stolz und schrieb ihm nicht, warum auch, immerhin lag er mit seiner Liierten unter Palmen, im feinkörnigen weichen Sand, mit Ausblick auf das reine Türkis der Südsee. Ich war sehr gespannt, wann er ein nächstes Zeichen setzte.

Bevor wir zu meiner Schwester aufbrachen, blieb noch etwas Zeit und so packte ich schon mal unsere Skiklamotten in die bereitgestellten Taschen. Morgen war es soweit – Luftveränderung! Als ich fertig war, stapelte ich die verpackten Geschenke in eine große Weihnachtstasche und spazierte mit Liz zu Familie Behrens, der Familie meiner Schwester. Im ganzen Haus roch es nach Festbraten. Ich polterte die Treppe rauf, stieß mit der Faust gegen die Tür und rief mit tiefer Stimme:

„Lasst uns rein, lasst uns rein, hier steht das Weihnachtsweiblein in Begleitung ihres Engeleins!"

Die Behrens-Tür öffnete sich …

„Frohe Weihnacht!", rief ich mit einem Lächeln, das für jede Zahnpasta-Werbung geeignet wäre. –

Wir genossen eine angenehme gesegnete dreistündige Christmas-Mittagszeit und das abendliche Weihnachts-Dinner bei mir rundete den Tag perfekt ab, der so einige von uns ganz schön verzaubert hatte.

*

In dem herrlich verschneiten Skigebiet – die Sonne ließ den Schnee wie Kristall glitzern – hatten wir zwei Doppelzimmer gebucht. Eins für Familie Behrens, das andere teilte ich mir mit Annelie. Für unsere Kinder Liz und Laura ließen wir Aufbettungen herrichten.

Annelie war eine humorvolle witzige Kameradin, mit deren Hilfe ich meine Lehre durch Spicken und Schwindelei mit der Note „Zwei" bestanden hatte. Wegen unserer Faxen und dem Gekasper waren wir bei unseren Klassenkameraden gern gesehen. Bei den Lehrern dagegen nicht, mit ihnen gab es oft Rabatz und in der Folge schlechte Noten, die wir uns durch Flachsereien selbst einbrockten. So legten wir zum Beispiel ein Ei auf die Tafel, das beim Öffnen herunterfiel, oder platzierten Pupskissen auf dem Lehrerstuhl und machten uns über die Hasenzähne unserer Wirtschaftslehrerin lustig.

Das erinnert mich prompt an Liz' letzte Schultage.

Vor Weihnachten war ich zum letzten Elternsprechtag für dieses Jahr eingeladen worden. Für mich eine willkommene Gelegenheit, mit verschiedenen Lehrern zu reden. Als erstes sprach ich mit dem Klassenlehrer Herrn Matthes. Er teilte mir mit, dass sich Liz morgens oft verspäte. Außerdem, betonte er, verhielte sie sich den Lehrern gegenüber ziemlich vorlaut und bringe ihnen keinen Respekt entgegen. Auch hätten sich ihre schulischen Leistungen in mehreren Fächern um eine oder gar zwei Noten verschlechtert. Er habe bemerkt, dass Liz sich nach der Schule meistens mit ehemaligen Schülern treffe, die um einiges älter sind. Sie sei der so genannte „Brennpunkt" für ihre Mitschüler, fasste Herr Matthes sein Urteil zusammen.

Ich ersparte es mir nach diesen Aussagen, mit weiteren Lehrern Rücksprache zu halten. Es war genug. Ich wollte das alles sich setzenlassen, obwohl ich übermäßig unruhig war. Um meine Kopflosigkeit zu verlieren, suchte ich das Gespräch mit Liz. Als ich sie mit den Aussagen des Herrn Matthes' konfrontierte, reagierte sie mit einem Lächeln und stöhnte. Besonnen befragte ich sie zu den einzelnen Vorfällen in der Schule. Ihre lapidare Reaktion war wie erwartet.

„Ich bin nun mal so. Die anderen sind auch nicht anders."

Immer wieder hatte ich versucht, Liz davon überzeugen, außerschulischen Aktivitäten nachzugehen oder an Arbeitsgemeinschaften teilzunehmen, die jedes Jahr angeboten wurden: Theaterkurse, Tanzkurse, kreatives Gestalten … Zwar hatte sie diese Angebote schon mal in Betracht gezogen, aber mit der Bedingung, dass sie diese lediglich in Verbindung mit einer Freundin besuchen würde. Die fand sich allerdings nie. Ich befragte verschiedene Mütter von Klassenkameradinnen, zu denen Liz Kontakt pflegte. Die anderen Eltern schoben es auf die Pubertät. Für mich ein grenzenloser Höllenritt! –

Liz wurde lange Zeit von ihren Urgroßeltern verwöhnt und genoss bei ihnen einen lockeren Erziehungsstil. Wurde mir das nun zum Verhängnis? Ich konnte die Zeit ja nicht mehr zurückdrehen, konnte es nicht ungeschehen machen. Doch stieß ich fortwährend an meine pädagogischen Grenzen, ließ viel Kraft und Nerven bei dem Versuch, konsequent zu sein. Es war für mich eine gewaltige Herausforderung, den aufreibenden Job und die Bedürfnisse meiner Tochter miteinander zu verbinden und eine für uns beide befriedigende Mutter-Tochter-Beziehung zu erhalten. Da ich mir nicht anders zu helfen wusste, hatte ich einen Termin bei einem Psychologen vereinbart, den wir im neuen Jahr aufsuchen wollten. –

Als alle ihre Zimmer bezogen hatten, erkundeten wir gemeinsam die Umgebung. Nanny war wie berauscht.

„Ooh, guggd mah, die vieln Geschäfde un sou scheen billisch", sie tippte mir auf die Schulter. Wir Frauen huschten unbemerkt in einen Laden, Benno war bereits mit der Kinderschar vorausgegangen. Er kannte seine Nanny und war nicht begeistert, ständig Geld in Klamotten zu investieren.

„Isch gännde glei goofm. Dass sinn ja Hammorr-Breise", rief sie enthusiastisch.

„Machen wir morgen, wenn Benno länger auf der Piste ist. Wir können doch nicht gleich am Ankunftstag mit 'nem Haufen Plastiktüten anrücken." –

Am nächsten Morgen beim Frühstück planten wir den Tag. Erst auf die Piste und anschließend eine Shopping-Tour. Die Kids blieben mit dem Schlitten auf einem kleinen Abhang und Liz gab auf Laura und Sandro Acht.

Annelie, Nanny und ich fuhren uns auf der Anfängerpiste ein, während Benno längst im Lift zur Eineinhalb-Kilometer-Piste saß. Nach einem Glühwein mit Benno und Annelie, überredeten mich die beiden mit auf die große Piste zu kommen. Nanny genügte die kleine, mir eigentlich auch.

„Gomm schohn, grooße Schwesdorr. Zeisch, was de gannsd!"

„Du hast gut reden. Von hier unten sieht's ja einfach aus, aber ..." Benno wollte Spaß und sagte:

„Komm, der Glühwein treibt dich von ganz alleine darunter. Ein bisschen wedeln und du stehst wieder an der Glühweinbude." – Alle riefen im Sprechgesang:

„Polly, setz dich in den Lift, wedel dann zum Pistentreff, fahr in aller Ruhe runter und freu dich auf ein Glühweinwunder!"

War das vielleicht ein Motivationsauftakt, da konnte ich wirklich schlecht nein sagen! – Als ich dann mit dem Lift immer höher und höher stieg wurde es mir ziemlich schwummerig. Keiner meiner immerfort lachenden Beifahrer, Annelie und Benno, durfte mich ansprechen geschweige denn antippen oder an den dicken Jackenpölsterchen berühren. Vor lauter Muffensausen hatte ich das Gefühl, dass meine Achselnässe sichtbare Spuren an den Puffärmeln hinterließ – aber es war nur ein Gefühl! Was würde ich jetzt dafür geben, bei Abendsonne in den Bergen mit einem Glas Wein an einem Lagerfeuer zu sitzen!

Oben meinte Benno:

„Komm, Schwägerin, auf geht's! Du weißt, was da unten auf dich wartet."

„Na toll! Bis dahin ist der Glühwein gefroren."

Der Blick ins Tal sah untrüglich nichtssagend aus. Ich stieß mich sanft mit den Skistöcken ab. Als ich den Hangabsatz mit links geschafft hatte, traute ich jedoch meinen Kulleraugen nicht. Vor mir eröffnete sich der nächste Pistenabschnitt: ein steiler Felshang mit Blick ins Leere. Grenzenlose Panik durchfuhr mich und ich fing heftig an zu temperieren. Die Snowboarder fegten wie Orkanböen an mir vorüber – rechts, links, rechts, links.

„Los, Polly, weiter geht's", rief Annelie lachend.

„Nein! Das pack ich nicht!", erwiderte ich eingeschüchtert. Tatsache war, dass es keinen Schleichweg gab, um der Piste zu entkommen. Irgendwie musste ich aber wieder runter. Also stieß ich mich langsam ab. Annelie und Benno wedelten gediegen neben mir her. Plötzlich wurde ich schneller und schneller und verlor die Kontrolle, ich sah noch kurz eine Schneemaschine am Zaun stehen und bretterte auch schon mit einem Dreifach-Salto und „verknoteten" Beinen in den Zaun hinein. Annelie bog sich vor Lachen und sank prustend auf die Knie.

„Hilf mir! Hol mich hier raus!", bat ich mit einem leicht schmerzverzerrtem Gesicht.

Sie krümmte sich so sehr vor Gelächter, dass sie gar nicht in der Lage war, mich zu befreien und ich also selbst Initiative ergreifen musste, denn Benno thronte schon wieder im Lift nach oben.

Wütend schnallte ich meine Skier ab und gab mir die Blöße, eineinhalb Kilometer Schritt für Schritt mit den schweren glatten Skischuhen die Piste zu bezwingen. Wie freute ich mich auf den heißen *Glühwein*, den ich nach einer Stunde und fünfzehn Minuten in meinen durchschwitzten Händen hielt. –

Nach einer insgesamt noch schönen erholsamen Regenerationszeit, mit durchaus auch anstrengenden Urlaubsstunden, freuten wir uns schließlich alle auf das traute Heim. Freilich weniger auf die dort uns erwartenden Verpflichtungen.

*

Wir waren gesund und munter ins neue Jahr gestartet. In der ersten Woche hatte sich bereits viel Positives angekündigt: ein Film-Job, neue Englisch-kurse, Fotoaufträge und einige Stunden in Papas Firma. – Dann erhielt ich die erste Nachricht von Jerez im neuen Jahr, und überhaupt die erste nach vier Wochen.

„Guten Tag, meine Liebe! Jetzt wird es bald Zeit, sich zu sehen. Ob ich dich überhaupt wiedererkenne? Wie geht es dir? Wurde gleich mit viel Stress und Ärger in der Firma überschüttet. Bist du mal in Berlin? Schreib mir mal was Nettes!"

Was für eine *Fragekette*! Ein Anruf von ihm hätte nach dieser Ewigkeit durchaus drin sein können. Er fügte der SMS seine E-Mail-Adresse bei. Er konnte ja nicht ahnen, dass ich sie bereits auf seiner Homepage geortet hatte. Die SMS-Kommunikation ging also weiter. Na schön!

Jetzt fiel mir auch auf, dass er mir nicht einmal zu Weihnachten oder Sil-vester einen lieben Gruß geschickt hatte. War es wegen des „Hindernisses" auf seiner Reise? – Jedenfalls war er wieder auf deutschem Boden und musste seine Firma erst mal auf Vordermann bringen. Ich hoffte, dass er nicht zig Tage benötigte, um alles wieder ins Lot zu bringen. Ab und zu verfiel ich ins Grübeln, was mich wohl erwarten würde. Nach seinen Tex-ten zu urteilen, fühlte ich mich angenehm geschmeichelt, aber wenn ich auf die letzten vier Wochen zurückblickte … Es waren geschriebene Ho-nigworte, die an meinem Gemüt kleben blieben! –

Ich verfasste meine erste E-Mail dieses Jahr:

„Hallo Jerez! Ich hoffe, du hast dich gut erholt und bekommst deinen Ärger in der Firma schnellstens in den Griff. Alles ist fein bei mir und der Skiurlaub war eine schöne Abwechslung. Der Wiedererkennungswert ist bei mir nicht geschwunden. Ich sehe dich wie am ersten Tag vor mir! Zu Berlin: Ich fahre möglicherweise im Februar mit zwei Freundinnen zur Berlinale. Vielleicht findet sich eine Gelegenheit, sich zu sehen? Wenn ich ein Casting über meine Berliner Agentur bekomme, dann früher. Liebe Grüße Polly!"

Alle Kurzmitteilungen speicherte ich weiterhin im Handy ab. Als ich sie mir so durchlas, fiel mir auf, dass doch *ich* eigentlich *die* Frau mit den wun-derbaren Augen war und *der* Grund, um nach Leipzig zu kommen. Na gut, toleranterweise berücksichtigte ich seinen Firmenstress und war nicht ab-geneigt, den ersten Schritt nach Berlin zu wagen.

Mit Susan und Marlene sprach ich über meinen Kontakt zu Jerez. Marlenes Worte glichen denen von Susan, sie äußerte sich geradezu besorgt.

„Bist du verrückt, wir fahren mit dir! Triff dich mit ihm nachmittags auf einen Kaffee, du wirst doch wohl nicht dort übernachten wollen? Du kennst ihn doch überhaupt noch nicht …!"

Freundinnen sind doch etwas Wunderbares. Ich hörte mir gern die treusorgende andere Seite der Medaille an. Ich wollte aber selbst herausfinden, wer er war und wie er war. Natürlich hatte ich nicht vor, gleich bei ihm zu nächtigen. Das lag bestimmt nicht in meinem Interesse.

Jetzt war ich gespannt, wie er auf meine erste E-Mail reagieren würde …

*

Heute war Donnerstag und unser Termin beim Psychologen Leonard Gaucke stand auf dem Plan. Sechzehn Uhr mussten wir in der Krämergasse sein. Für Liz hatte ich einen Erinnerungszettel auf den Küchentisch gelegt. Als ich ihr vor vier Tagen sagte, dass wir einen Psychologen-Termin hätten, zeigte sie wenig bis gar keine Einsicht.

„Ich bin doch nicht bekloppt. Das ist ein Irren-Doktor. Das ist doch was für Geisteskranke." Mit dieser Reaktion hatte ich schon gerechnet. Völlig normal ihre Äußerung, weil sie nicht wusste, was das eigentliche Ziel der Therapie war. Ich versuchte ihr klarzumachen, was ein Psychologe wirklich macht.

Mit Null-Bock-Stimmung kam Liz nach Hause und maulte einfach nur rum, weil sie sich diesem Psycho-Termin unterziehen musste. Ich übersah ihre Laune geflissentlich und erhoffte mir, dass wir vom Doktor Tipps erhielten, wie wir den Alltag besser gestalten könnten und sich unser Mutter-Tochter-Verhältnis harmonisieren würde.

Das Wartezimmer war knackevoll und nach siebzig Minuten Wartezeit sprang Liz fluchend von ihrem Stuhl auf.

„Wir gehen jetzt. Sechzehn Uhr war der Termin und nicht fünf Stunden später." Sie rannte aus dem Wartezimmer und ließ die Tür mit einem lauten Knall zufallen, sodass das Türglas leicht nachbebte. Für mich eine himmelschreiende Situation gegenüber den anderen Patienten, die im Wartezimmer auf ihren Aufruf lauschten.

Ich lief ihr nach, wortlos fuhren wir nach Hause. Meine innere Unruhe und stetig steigende Wut im Bauch entfachten beinahe eine Explosion. Liz ließ jedoch nur verlauten:

„Ich fahre nie wieder zu so einem Arschloch."

*

Spätabends kam ich vom Treffen mit einem langjährigen Freund zurück. Obwohl ich schon hundemüde war, wollte ich wissen, ob Jerez auf meine E-Mail geantwortet hatte. Ich bootete um einundzwanzig Uhr fünfundfünfzig das Laptop hoch und starrte gespannt ich auf den Bildschirm. „Sie haben Post", ließ mich die PC-Stimme wissen. Ich ratterte blitzschnell über die acht Nachrichten und eine E-Mail stach mir sofort ins Auge.

„Danke für deine Zeilen! Januar sieht wohl schlecht bei dir aus? Zur Berlinale bin ich meist geschäftlich unterwegs, aber wenn ich weiß, dass du kommst, nehme ich mir Zeit für dich. Sag mir, ob du mit deinen Freundinnen kommst oder alleine, ich würde dich schon sehr gern sehen, mehr als nur eine Stunde. Im Januar wäre es mir lieber, dann müssen wir nicht mehr so lange warten! Wäre gern mit dir allein oder hast du andere Vorstellungen? Kuss Jerez."

Kuss Jerez! Klar wollte ich ihn so schnell wie möglich sehen, kennenlernen, in seiner Nähe sein – aber gleich mit ihm allein? Unsicherheit und leichte Bangigkeit stiegen in mir auf, die ich durch gedankliche Schön-Malerei schleunigst untergehen ließ. – Mein Cursor klickte auf den Button „Antworten".

„Guten Abend! Also die letzte Januarwoche könnte ich theoretisch einrichten. Gegen ein Theater- oder Kinobesuch hätte ich nichts einzuwenden: zwecks anderer Vorstellungen! Schlaf gut!"

*

Da es heute ziemlich frostig war, trotz der heller Sonnenstrahlen, die sogar leichte Wärme ausstrahlten, waren die Wege sicherlich mit vereisten Stellen bedeckt. Ich ließ mein Fahrrad also besser im Schuppen und schnappte mir stattdessen die Walking-Stöcke. Um den Waldgang nicht alleine anzutreten, ging ich auf gut Glück bei Mama vorbei. Sie war zu Hause und überaus begeistert, dass ich an sie gedacht hatte und sie mitnehmen wollte. Rasch schlüpfte sie in ihre Walking-Kleidung. Wir waren noch nicht einmal am Waldgebiet angekommen, da sagte sie halb abgehetzt:

„Bin jetzt schon kaputt, könnte gleich wieder umkehren."

„Mach nicht schlapp. Weiter geht's! Wir machen nur 'ne kleine Runde", sagte ich kämpferisch.

„Deine kleinen Runden kenne ich", plusterte sie nach Luft schnappend.

„Hinterher wirst du stolz auf dich sein … und jetzt ordentlich durchatmen und dem Körper etwas Gutes tun."

Mein Handy vibrierte, das müsste Celly sein … ups, es war Jerez.

„Wollen wir heute Abend telefonieren? Gegen einundzwanzig Uhr? Kuss Jerez." Mir wurde siedend heiß und ich war plötzlich schrecklich aufgeregt. Die Ankündigung eines Telefonats. Na wenigstens konnte ich mich diesmal darauf seelisch und moralisch vorbereiten. Tief atmete ich die kalte Luft durch die Nase und antwortete:

„Ja, sehr gern!"

Nach einer Stunde „hartem" Training begleitete ich Mama nach Hause. Doch so richtig ausgepowert war ich noch nicht und tigerte also auf einen Abstecher bei Celly vorbei. Zuerst erzählte sie mir ihre Neuigkeiten und danach berichtete ich Celly von dem Termin bei Leonard Gaucke, dem Psychologen. Der Austausch mit ihr baute mich so richtig auf und belebte meinen gestörten inneren Rhythmus positiv. Dann war sie ganz Ohr, was Jerez betraf und lauschte aufmerksam meinen Worten.

„Total überraschend kam eine SMS von ihm, in der er fragt, ob wir heute Abend telefonieren wollen!", sagte ich freudestrahlend.

„Echt? Ist doch toll. Wird ja auch Zeit", sagte sie.

„Oh Gott! Mir fallen bestimmt nur schnulzige Sachen ein." Ich erzählte ihr auch über den E-Mail-Austausch und über das, was er dort geschrieben hatte.

„Er will mit dir allein sein und nicht nur auf einen *Kaffee*?! Das sagt doch alles", aus ihrem Lachen wurde eine misstrauische Miene, „hat er nichts von Essen gehen gesagt oder besuchen? Na, ihr könnt das ja heute Abend bei eurem Schwätzchen klären. Bin sehr gespannt!"

„Na, ich erst!", flachste ich über den Tisch.

Als ich wieder zu Hause und bei der Zubereitung des Abendbrotes war, erreichte mich erneut eine SMS von Jerez, in der er mir seine Festnetznummer mitteilte. Ich speicherte sie im Handy ab und notierte sie mir zusätzlich auf einem Zettel. Telefonieren! *Telefonieren*, nicht schreiben, keine Texte, nein, wir telefonieren, wir hören uns … großartig! Und diesmal sitze ich in keinem Meeting.

Beim Essen bat ich Liz, das Festnetz nicht zu blockieren. Jedenfalls nicht ab einundzwanzig. Leichte Hitzewallungen stiegen in mir auf, ich drehte in Gedanken versunken die Gabel auf meinem Teller herum. Nach dem Abwasch stellte ich ein halbvolles Rotweinglas auf den Küchentisch, legte meinen Terminkalender daneben und den Zettel mit seiner Telefonnummer. Jetzt das Telefon schnell noch mal in die Aufladestation gelegt, so hat es genau zweiunddreißig Minuten Zeit zum Laden. Aufgelöst marschierte ich durch die Wohnung, von einem Zimmer ins andere und übte an wohl formulierter Wortwahl bis ich bemerkte, dass Liz mit ihrem Hausaufgabenheft hinter mir her wanderte.

„Mama, hast du kurz Zeit?"

„Für was, Schatz?", polterte ich nervös los.

„Muss noch einen Aufsatz über ein Berufsfeld meiner Wahl schreiben." Mir kippte die Kinnlade runter und ich fragte wütend:

„Seit wann musst du den Aufsatz schreiben?"

„Seit einer Woche."

„Seit *einer* Woche? Und da kommst du *jetzt*, um *diese* Uhrzeit, am *letzten* Tag?!"

„Hab ich ja eben erst gelesen." – Ich dachte, ich platze.

„So-so! Setz dich in dein Zimmer, suche im Internet einen Beruf deiner Vorstellungen und fang an zu schreiben!", fuhr ich sie äußerst gereizt an. „Ich werde jetzt telefonieren und wenn ich fertig bin, möchte ich ein Ergebnis sehen. Deine Deutsch-Note lässt sowieso zu wünschen übrig, also ergreife diese Chance, deine Note zu verbessern. Wir reden nach meinem Telefonat …"

Ziemlich erzürnt setzte ich mich für die noch verbleibenden zehn Minuten zum Runterschrauben in die Küche. Jetzt war es exakt einundzwanzig

Uhr und mich überfiel ein riesiges Wortfindungsproblem, außer „Hallo" oder „Wie geht's" fiel mir dummerweise nichts weiter ein. Nervös kratzte ich mit dem Zeigefinger an meinem Kugelschreiber herum. Mit der linken Hand streifte ich hin und wieder über die Tasten des Telefons. Schließlich tippte ich mit leicht zittriger Hand die einzelnen Ziffern ein und spürte meinen Herzschlag doppelt so stark.

Es klingelte einmal … noch mal … ein drittes Mal …

„Jerez. Guten Abend!" Wie ruhig er klang. Die gleiche Begrüßungsformel wie beim „Meeting".

„Polly hier! Einen wunderschönen guten Abend! Erstaunlich, dass es endlich geklappt hat", sagte ich mit piepsiger Stimme und wildem Herzschlag.

„Finde ich auch. Es ist sehr schön, deine Stimme zu hören! Wie geht's dir denn?", fragte er mit kauendem Mund.

„Gut, danke! Im Moment viel Arbeit, mein Kind nimmt mich gerade sehr in Anspruch, und eben so die alltäglichen Dinge! Und bei dir? Immer noch Stress in der Firma?"

„Unverändert. Momentan muss ich neue Leute einarbeiten und das Chaos, was ich nach dem Urlaub vorfand, beseitigen, das braucht seine Zeit." Er klang sehr gelassen und fortwährend kauend. Eigentlich machen mich Leute nervös, die am Telefon trinken oder essen und das Zermahlene hinunterschluckten, dass man es am anderen Ende hören kann.

„Was isst du denn gerade?"

„Ein Knäckebrot."

„A-ha! Wie war dein Urlaub?", fragte ich neugierig.

„Ein tolles Land. Die erste Woche ging's und die anderen beiden Wochen – na ja! Was macht dein Kind?", fragte er.

„Mein Kind …"

„Junge oder Mädchen?", unterbrach er mich stolpernd.

Ein Junge oder ein Mädchen?? Leidet er unter Demenz? Er hatte es also zum wiederholten Male vergessen.

„Ein Mädchen, immer noch. Stolze vierzehn. Keine einfache Phase – Pubertät. Du verstehst?"

„Hast du sie nicht im Griff?", fragte er ausdruckslos.

„Kommt darauf an, manchmal muss ich auch hörbar für sie werden."

„Hörbar werden? Also schreist du?", seine Stimme wurde leicht tiefer. Ah, er mochte keinen Lärm und schrille Töne. Vorsicht war geboten!

„Manchmal, wenn sie die Grenze überschreitet. Was hast du heute so getan?", ich wollte das Thema zu wechseln.

„Ich war joggen, hab gebadet und auf deinen Anruf gewartet." Oh Mann, ich könnte stundenlang seiner Stimme lauschen. Meine tausend Fragen waren wie Sand vom Meer weggespült und mein Wortwahldefizit trat wieder ein.

„Wie sieht's denn bei dir im Januar aus?", fragte er.

„Die letzte Januarwoche sieht nicht ganz so voll aus."

„Na würdest du denn nach Berlin kommen?" Sollte ich jetzt die Initiative ergreifen? Ich kam ihm spontan entgegen.

„Wenn du schlecht von der Firma wegkommst, bin ich so frei und komme gern nach Berlin. Aber kläre erst mal deinen Stress in der Firma", fügte ich geflissentlich hinzu.

„Hast du bestimmte Vorstellungen oder Wünsche?", kam es ziemlich sexy und geheimnisvoll durch die Leitung. Funkstille …

„Essen gehen oder was Kulturelles", sagte ich frei heraus.

„Können wir gern tun. Und anschließend etwas Fantasiereiches?" Ich grübelte kurz nach, nahm einen Schluck aus meinem Weinglas und blieb wortlos. Etwas Fantasiereiches. Etwas *Fantasiereiches!* Ich scheute, da mir einfach nur eins dazu einfiel – ein sexuelles Erlebnis!? Das wäre arg geschmacklos.

Durch ein kurzes Husten kam er wahrscheinlich von der Frage ab und bot mir drei Tage in der letzten Januarwoche an. Ich entschied mich für den Achtundzwanzigsten Januar. Er stimmte zu. Eine gegenseitige Freude war deutlich zu spüren und wir beendeten das Telefonat mit einem „Gute Nacht" und „Bis bald". Ich knipste das Küchenlicht aus und ging zu Liz, um nachzuschauen, wie sie mit ihrem Aufsatz vorangekommen war. In ihrem Zimmer war es bereits dunkel, scheinbar „träumte" sie von ihrem Aufsatz!

*

Montagmorgen halb acht piepte mein Handy mit dem üblichen Get-up-Liedchen. Mein Motto für diesen Tag hieß: Montag ist Schontag! Ich machte mich mit einer Heiß-kalt-heiß-kalt-Dusche frisch und ließ zwischendurch den Check-up-Anruf meiner Mama über mich ergehen.

„Und, mein Kind, alles in Ordnung? Was musst du heute alles machen? Ist deine Tochter in der Schule?"

„Mama, ich stehe gerade unter der Dusche, hab nasse Haare und überhaupt, es ist jetzt ungünstig. Aber zu deiner Beruhigung, alles ist im grünen Bereich und ich habe heute einen freien Tag. Rufe dich später zurück – Kussi!"

Oh je, diese täglichen Rechenschaften kratzten schon am Gemüt und ich fühlte mich kontrolliert. – Ruhig bleiben und sich vor Augen halten: eine Familie ist Gold wert!

Während des Frühstücks überflog ich meine Termine. Herrje, Oma stand drin, acht Uhr dreißig Fußpflege – daran hatte ich mit keiner Silbe mehr gedacht. Sie musste ins drei Kilometer entfernte Nachbardorf Altstädt. Außerdem hatte ich mit Liz einen Arzttermin um zehn Uhr fünfundvierzig. Also rasch anziehen, schnell an die Tanksäule und ab zu Oma.

Aus der Ferne erkannte ich sie an ihrem hellgrünen Hut, der mit einer Entenfeder geschmückt war. Dazu trug sie einen grünen Wollmantel mit Nerzkragen und dunkelblaue Stiefel. Ihre braune Handtasche, deren einer Henkel bald zu reißen drohte, hing schief über ihrer Schulter. Meine Oma war altmodisch und unbelehrbar bezüglich ihrer Garderobe, aber ich liebte sie über alles.

„Hallo, Omachen, steig ein! Es geht los. Wartest du schon lange?" – Etwas launisch entgegnete sie:

„Ja, seit zehn Minuten stehe ich hier draußen und dachte, du hättest mich vergessen."

„Mensch, Oma, dich kann man doch gar nicht vergessen, geschweige denn übersehen. Wir werden pünktlich sein!"

Zwei Minuten nach halb neun setzte ich sie am Fußpflegesalon ab und versprach ihr, pünktlich in einer dreiviertel Stunde wieder vor Ort zu sein. Zwischenzeitlich klingelte mich Liz an und teilte mir mit, dass sie schon zu Hause sei, da eine Lehrerin krank geworden und ihre Stunde ausgefallen wäre. Ich sagte ihr, dass ich bald zurück sei, vorher müsse ich aber Oma noch nach Hause bringen. Wo blieb sie denn nur …?

„Endlich, Oma! Was hast du denn so lange gemacht?"

„Na ja, ich sah dich telefonieren und dachte, huschst noch mal kurz zum Augenbrauenzupfen in den Kosmetiksalon. Du hast ja eh frei heute, oder?"

„Oma, Oma – schön, dass du die einzige auf der Welt bist. Hast du noch einen Schönheitswunsch?", fragte ich leicht gereizt.

„Nein, kannst losfahren."

Ich blieb ruhig, doch herrschte eine kleinlaute Stimmung zwischen uns im Auto.

„Kuss-Kuss, Omilein! Liz ist früher aus der Schule gekommen, wir müssen jetzt zum Orthopäden."

Ich schaute Omi hinterher und musste schmunzeln, wie die Feder an ihrem Hut wippte. Es war genau zehn Uhr fünfzehn, Liz saß bestimmt schon auf Kohlen.

„Mama, wir müssen doch los!", sagte sie ungeduldig.

„Ja, ich weiß! Oma genehmigte sich noch einen Termin außerhalb der Abmachung. Bist du fertig?"

„Schon lange!", betonte sie.

„Und vergiss deinen Skoliose-Gurt nicht."

*

Stumme Schreie in eiskalter Nacht

Heute war es soweit: Berlin – Jerez. Es war Mittwoch, der Achtundzwanzigste. Endlich! Wie lange ich diesen Tag herbeigesehnt hatte. Ich war hibbelig wie eine Gazelle. Die Vorbereitungen für meine morgigen Kurse, die glücklicherweise erst halb elf begannen, hatte ich schon im Vorfeld erledigt. Sogar den Schauspielunterricht ließ ich heute mal sausen. Abends um dreiundzwanzig Uhr wollte ich wieder zu Hause zu sein. Gestern hatten Jerez und ich, *wie so üblich*, noch getextet und uns für achtzehn Uhr verabredeten, da er höchstwahrscheinlich nicht früher aus der Firma wegkam. In einer SMS hatte er mir seine Adresse mitgeteilt und gefragt, ob wir uns nicht bei *ihm* treffen wollten. Für mich war das keine Überlegung wert: *Natürlich nicht!* Ich bat ihn darum, ein nettes Restaurant auszusuchen und wir verblieben schließlich, dass er mir, sobald ich in Berlin angekommen sei, mitteilen würde, wo unser Treffen stattfinden sollte.

Langsam wurde ich aufgeregt und nervös, die Zeit rückte immer näher und tausende Gedanken kreiselten durch meinen Kopf. Eben stellte ich fest, dass ich nicht einmal im Besitz einer schicken dicken Jacke war. Nur wulstige puffige Winterklamotten hingen im Schrank, die mir für diese Verabredung nicht genügten. Also fragte ich bei Marlene nach, denn ich wusste, dass sie einen wunderschönen schwarzen langen Wintermantel besaß ... – Ich fuhr im Eiltempo zu ihr. Sie mahnte mich vorsichtig:

„Pass gut auf ihn auf, ist mein einziger."

„Kein Problem, versteht sich doch von selbst", entgegnete ich dankbar. Dann drang sie in mich:

„Pass auch bitte auf dich auf, fahre vorsichtig zurück und lass dich nicht auf irgendwelche Spielchen ein!" – Es rührte mich, wie fürsorglich sie war.

Jetzt lag der Mantel mit den vielen anderen zurechtgelegten Sachen auf meinem Bett. Noch immer wusste ich nicht, was ich anziehen sollte und probierte vor dem Spiegel ein Outfit nach dem anderen aus. Schließlich entschied ich mich für eine schwarze neutrale Hose, einem ebenfalls schwarzen Push-up, um meine kleinen Brüste etwas zu betonen und einem Trägershirt mit einer farbenfrohen Bluse darüber.

Die Zeit rückte näher und näher. In zirka einer Stunde würde ich mich auf den Weg machen. Lange ließ ich das heiße Duschwasser über meinen Kopf und Körper fließen, sodass mein Bad wie ein Dampfkraftwerk aussah. Nach dem Föhnen trug ich genügsam Wangen-Rouge auf, streifte mit meiner Mascara über die Wimpern und schminkte die Lippen mit Lipgloss à la Marlene! An diesem Abend erlaubte ich Liz, dass eine Freundin hier übernachten durfte, damit sie nicht alleine war. Es war eine Freundin, auf die ich mich verlassen konnte. Ich war beruhigt und konnte mich auf Berlin konzentrieren.

Die fünfzehn Minuten bis zur Abfahrt verstrichen schleppend, meine Vorfreude war kaum zu bändigen. Ich telefonierte noch fix mit Mama, um ihr mitzuteilen, dass ich gleich losfahren und nachts irgendwann wieder zurück sein würde. Keiner aus der Familie wusste von Jerez, ich hatte bisher kein Wort über ihn fallen lassen. Ich log, dass ich geschäftlich nach Berlin müsste. Mama und Nanny waren oft skeptisch, was meine Beziehungen betraf, sie wussten, dass ich dazu neigte, ziemliche Idioten anzuziehen. Ich wollte daher die Sache nicht überstürzen und gleich alles ausplaudern. – Jerez schrieb ich, dass ich in Kürze losfahren würde. Seine Antwort kam prompt:

„Freue mich sehr auf dich und bin sehr gespannt!"

„Ich ebenso."

Seit einer Stunde karrte ich über die Autobahn und kam bislang ganz gut voran. Ohne jegliche Behinderungen, ohne Stau, ohne Stress. Nur noch vierzig Kilometer.

Mein Blick auf die Zeitanzeige im Auto verriet mir, dass ich wie eine Raserin fuhr. Ich kam soeben an der Ausfahrt Wannsee vorbei, wo Jerez wohnte, und war also weit weniger als zwei Stunden unterwegs gewesen. Es war dreiviertel sechs. Ziellos fuhr ich in Richtung Wilmersdorf. Ich stoppte in einer Seitenstraße und schrieb Jerez, dass ich jetzt in Berlin-Wilmersdorf sei. Er antwortete sofort.

„Sorry, hab noch mindestens eine Stunde zu tun. Schaffe es nicht früher. Wir treffen uns beim Spanier Talpactore in der Wintergartenallee. Bis gleich, Kuss!"

Talpactore! Eine kurze geografische Einweisung von ihm wäre von Vorteil gewesen. Denkste! Also fitzelte ich mich fragend bei den Berliner Bürgern durch. Endlich fand ich das besagte Wirtshaus. Nach ein paar Ehrenrunden erwischte ich sogar einen freien Parkplatz direkt davor. Ich warf mir „meinen" Mantel über und spazierte unter einem verschneiten Torbogen aus Rosen hindurch. Das Ambiente des Lokals war im Stil des südlichen Andalusiens gehalten und strahlte in verlockender authentischer Atmosphäre! Eine Treppe führte auf eine Empore. Flink kam ein Kellner angetippelt.

„Kann ich Ihnen helfen?", fragte er höflich.

„N… nein, danke! Bin verabredet. Ich gehe eine Etage höher."

„Na dann, einen angenehmen Abend!"

„Danke!"

Etwas verstört und mit Herzklopfen stieg ich die acht Stufen hinauf … Ich war die einzige hier und das gemütliche Flair überraschte mich. Jeweils zwei gemütliche Zweisitzer in Terrakotta waren an rustikalen Holztischen aufgestellt, an deren Stirnseiten sich der passende Lederhocker befand, gedämpftes Licht erfüllte den Raum und handgemalte Fliesen präsentierten Einblicke in das ländliche Leben. Im Hintergrund liefen gedämpft spanische Lieder.

Ich zog den Mantel aus, legte ihn über die Sofalehne und setzte mich auf den gemütlichen Hocker, um separat zu sitzen. Dann bestellte ich einen Cappuccino, obwohl ich zu gern ein kleines Gläschen Wein getrunken hätte, um die einsetzende Verkrampftheit zu lösen.

Ich schaute immer wieder auf die Uhr vom Handy. Jerez müsste jede Minute erscheinen. Als der Kellner kam und meinen Cappuccino brachte, war ich so durcheinander, dass ich ihn höflich nach einer Zigarette fragte, die ich auch anstandslos bekam. Ich wusste nicht, was bei mir zuerst pochte und wo. Überall pulsierte und tuckerte es. Meine Beine fingen an zu wackeln und mein Gesicht glühte wie ein Heißluftballon. Meine Gedanken kreisten unaufhörlich durch den Kopf und ich überlegte hin und her, was ich als erstes sagen oder fragen sollte. Auch war ich mir noch nicht klar darüber, ob ich mich so geben sollte, wie ich war oder mich lieber verstellte? War die Emanzipierte angesagt oder das Schäfchen? Wie würde er reagieren, wenn ich nicht seinen Vorstellungen entsprach? Würde er mich einfach sitzen lassen und wieder gehen?

Ich schlürfte hastig meinen Cappuccino runter und hielt die Zigarette mit schlotternder Hand. Mir war, als würde mein Gesicht gleich in Flammen aufgehen, so kochend heiß war es. Unglaublich, ich war in Berlin und wartete auf den Mann des Zeilenkommunikationstrainings! – Ich atmete tief ein, tief aus, dachte an die Sprüche von Celly und Marlene.

„Sei wie du bist, sei vorsichtig, lass dich auf nichts ein, fahre pünktlich zurück …!" Ich fand es rührend, wie sie sich um ihre Freundin bangten.

Um mich irgendwie in der verbleibenden Zeit runterzuschrauben, rief ich Celly an.

„Süße, ich musste mal eben durchrufen, ich bin so fluffig und stehe völlig unter Hochdruck!"

„Ganz ruhig. Ist er noch nicht da?"

„Nein, in etwa zehn Minuten. Hab Muffensausen und trotzdem freue ich mich, meinst du, es geht ihm auch so?"

„Kann möglich sein. Warte ab. Wird sicherlich schön. Und denke daran, nicht so spät nach Haus zu fahren!", legte sie mir erneut ans Herz.

„Ja, sowieso. Okay, Hippie Celly, denk an mich!"

„Du bist stark. Aufregung ist völlig normal", besänftigte sie mich.

Vielleicht sollte ich meine Klopftechnik-Übung anwenden, die ich gelegentlich vor Castings durchführte, um entspannt zu wirken …

*

Mein Handy klingelte – Jerez.

„Wo bist du? Ich stehe an der Tür vom Talpactore."

„Ich bin eine Etage höher." – In Windeseile wechselte ich aufs Sofa, um mich freier entfalten zu können. Du liebe Güte, jetzt … Da kam er die Treppe rauf: graues kurzes welliges Haar, neckische Brille mit abgesetztem schwarzen Gestell, eine Hand in der Hosentasche. Er kam mit einem Lächeln auf mich zu, fixierte meine Augen, reichte mir seine Hand mit einem „Hallo", beugte sich zu mir runter und drückte sein Gesicht etwas schüchtern an meins. Dann setzte er sich auf die Couch gegenüber.

„Mir kommt es vor, als kenne ich dich schon ewig", sagte er sanft. Mein Herz, mein Gesicht, meine Gliedmaßen, alles war rasend in Betrieb.

„Ich finde es sehr schön, dass es endlich geklappt hat."

„Oh ja, wurde auch langsam Zeit. Hattest du eine gute Fahrt?"

„Ja, bestens. Bin gut durchgekommen." Ich ertappte mich dabei, dass ich in Art und Haltung nicht wahrhaftig war und blitzplotz in meine Lehrerrolle gefallen war.

„Gut siehst du aus!", er schaute mir tief in die Augen.

„Mhm, du auch!" Er war geradezu zum Anbeißen!

„Du bist ganz schön dominant", ließ er verlauten. – Oh Gott! Auch das noch. Das Schäfchen wollte ich nicht verkörpern und ein bisschen Frauenpower rief bei ihm gleich einen solchen Beigeschmack hervor?

„Sorry! Ich bin wie ich bin", sagte ich verblüfft und scherzend.

„Wo ist dein Kind heute Abend … war es ein Junge oder ein Mädchen?" Ah, seine Demenz trat erneut ans Licht.

„Das fragst du jetzt mindestens das dritte Mal", sagte ich nachdenklich, „es ist ein Mädchen, immer noch."

„Ach, stimmt. Entschuldige. Möchtest du noch Kinder?"

„Wenn der richtige Mann kommt, vielleicht!"

„Und willst du heiraten?"

„Ja, um kein uneheliches Kind zu bekommen."

„Na, dann ist ja alles klar!" In den ersten Minuten wälzten wir solche Probleme! Ich fühlte mich ziemlich überfordert und fand seine Fragen sehr intim und direkt. Dazu dieses Fazit: Na, dann ist ja alles klar! Entweder sehnte er sich nach einer eigenen Familie und befand sich in einer Midlife-Crisis oder meine Antworten schreckten ihn ab!?

„Möchtest du hier etwas essen oder wollen wir woanders hingehen?", fragte er.

„Wie du möchtest. Wir können gern hier eine Kleinigkeit essen oder auch in ein italienisches Restaurant gehen. Du kennst dich in Berlin besser aus."

„Ich komme mal zu dir rüber, sonst sitze ich so weit weg von dir."

Ich hielt die Arme verschränkt und schlug mein rechtes Bein über. Er trug eine dunkelblaue Jeans, ein schwarzes Hemd, darunter ein weißes T-Shirt und eine anthrazitfarbene Strickjacke. Seine dicke Winterjacke hatte er angelassen, als wäre er auf dem Sprung. Seine Hände lagen im Schoß und spielten mit den Fingern, er schaute kurz zu mir rüber, dann wieder zurück auf seine Hände.

„Ich will mit dir schlafen!"

Ein kalter Schauer schwappte über meinen Rücken und drang durch all meine Gliedmaßen. Mein erster Gedanke: ein Vollidiot, ein Arschloch; der will nur eine schnelle Nummer? Der zweite Gedanke: ein Test? Dritter Gedanke: das ist ihm nur rausgerutscht. Wie versteinert saß ich mit halb geöffnetem Mund da, schaute ihn groß an, schaute wieder weg – und nahm Vorlieb mit dem Test-Gedanken. Feuer speiend und leicht überfordert von diesem Satz sagte ich um Fassung ringend:

„Ich komme nicht nach Berlin, um gleich mit dir ins Bett zu steigen. Wie stellst du dir das vor? Du hast eine Beziehung! Wir texten uns monatelang und dann kommst du mit dem Satz: ‚Ich will mit dir schlafen'!" – Überheblich und mit einem leicht verächtlichen Zug rechtfertigte er sich äußerst unsachlich:

„Ich komme mir gerade ziemlich verarscht vor. Weißt du, wie mir gerade ist? Wie aufstehen und gehen. Ich hab mich gefreut, dich zu sehen und du kritisierst mich und machst mir Vorhaltungen. Außerdem war ich der Annahme, du würdest auch in einer Beziehung leben."

Das war echt die Höhe! Er fühlte sich verarscht, kritisiert – war er noch ganz bei Trost? Er wusste, ich lebte alleine, alleine mit meiner Tochter. In diesem Moment war ich auf das Höchste geladen. Ich sollte mir die Schuld für seinen ungenierten Satz geben? *Ich* hätte diejenige sein müssen, die aufsteht, um das Weite zu suchen, nicht er. Verdammt noch mal!

„Sorry! Ich wollte dich gern kennenlernen und kritisiere nicht dich, sondern deine dreiste deplatzierte Bemerkung. Übrigens hatte ich dir mitgeteilt, dass ich ohne männliche Begleitung lebe!", mein „Gefieder" legte sich zögerlich.

Litt er unter komplettem Gedächtnisverlust oder hatte er einfach keinen Bock sich was zu merken? – Warum legte *ich* eigentlich Rechenschaft ab? Warum *entschuldigte* ich mich? Ich hatte keinen Streit gesucht, sondern mich auf ihn gefreut und wollte nicht gleich wieder zurückfahren. Ich wollte bei ihm bleiben und für einen Augenblick die Schäfchen-Rolle übernehmen. Ein jämmerlicher Moment!

„Entweder wir kriegen jetzt die Kurve oder … dann weiß ich auch nicht weiter. Lass uns das Lokal wechseln, um die Kurve zu bekommen!", sagte er mit ruhiger Stimme.

„Okay!", sagte ich versöhnlicher, obwohl ich innerlich immer noch kochte.

„Ich möchte dich trotzdem gern küssen!", kam es jetzt zaghaft über seine Lippen. – Sah er sich jetzt vielleicht in einer Filmszene, die er üben musste, meinte er die ganze Sache ernst oder wollte er wirklich nur ins Bett mit mir? Ich konnte es nicht wahrhaben, ich wusste nicht mehr, wo mir der Kopf stand und begriff die Welt nicht mehr. Leichte Angst breitete sich aus. Ratlosigkeit pochte in jeder Pore. Lieber Gott, was war das für ein ätzender Auftritt!

„Küssen?", fragte ich völlig konfus.

„Mhm – oder traust du dich nicht?" Er nahm meine Hand. Streichelte sie. Neigte seinen Kopf in meine Richtung. Ich küsste ihn reflexartig auf die Wange damit er Ruhe gab und ließ sofort wieder von ihm ab. Trieb ihn vielleicht die reine Sexgier? Die wievielte Polly war ich?

„Lass uns bitte gehen!", sagte ich.

„Das war aber kein langer Kuss!", er plinkerte mich mit hochgezogenem Mundwinkel an. Ich war von Furcht geradezu gepeinigt und konnte doch seiner begehrenden Art kaum entfliehen. Ich hasste diesen Zustand bei mir. Ich fühlte mich so klein, so naiv und so machtlos. Ich griff nach meinem Mantel und erhob mich. Er stand ebenfalls auf und folgte mir artig die Treppe hinab. Ich legte meinen Mantel über einen Stuhl und suchte noch schnell die Toilette auf. Als ich zurückkam, gab der Kellner Jerez gerade seine EC-Karte zurück. Jerez griff nach dem Mantel und hielt ihn mir zum Hineinschlüpfen hin. Ich bedankte mich für das Getränk und wir verließen das Lokal.

„Wollen wir ein Stück spazieren gehen und dann was essen oder gleich Essen gehen?", fragte er nett. Es war fürchterlich kalt und die frische Luft würde uns beiden nicht schaden, im Gegenteil, sie war nach diesem Disput einfach angebracht.

„Wohin spazieren wir?"

„In den Tierpark. Magst du?"

„Okay, gerne. – Ach, fahren wir mit dem Auto?"

„Ja, warum?"

„Na ja, ich dachte, der Tierpark ist in der Nähe." Wir liefen auf die andere Straßenseite, wo sein Auto stand: ein schwarzes Cabrio. Ich knöpfte den Mantel zu, während er den Beifahrersitz räumte. Dann stieg ich ein und schnallte den Gurt um. Auf dem Weg zum Tierpark fragte ich:

„Stammst du ursprünglich aus Berlin?"

„Nein, aus Bochum. Hab dort bis zum sechzehnten Lebensjahr gewohnt."

„Wie lange lebst du schon in Berlin?"

„Zweiundzwanzig Jahre."

„Und deine Eltern?"

„Sie leben in Bochum."

„Und dein Name Quidam. Woher stammt er?"

„Mein Vater ist Franzose."

„Aha!"

Meine ersten neugierigen Fragen waren gestellt und beantwortet. Sein Name bestätigte meine Ahnung, er war französischer Herkunft! – Dass er den so erbärmlich idiotischen Satz gesagt hatte, war echt töricht gewesen. Ich empfand diese Äußerung immer noch als zutiefst empörend, abstoßend, gedankenlos.

Nach zehn Minuten erreichten wir den Tierpark. Alles ringsumher glich einem verschneiten Märchenwald. Er legte seinen rechten Arm um meine Hüfte. Ich drückte mir mit beiden Händen den Mantelkragen an Hals und Kinn zu. Wortlos gingen wir nebeneinander. Keine Menschenseele war weit und breit zu sehen. Rechts von uns war ein kleiner See, der mich mit seiner lebendigen, doch stillen Ruhe magisch anzog. Wir steuerten auf ihn zu und blieben kurz davor stehen. Es war so friedlich und ruhig um uns. Höllische Gedanken wirbelten in meinem Kopf herum: Vielleicht würde er sich jetzt dafür rächen, dass ich nicht auf seine Bemerkung eingegangen war? Er müsste mir nur einen kleinen Schubs versetzen und mich im eisigen Wasser zurücklassen. – Rasch zog ich uns vom Gewässer zurück. Trotzdem war der Spaziergang eine gute Idee gewesen. Die Stimmung hatte sich etwas entspannt und uns auf den normalen Ausgangspunkt zurückgeführt.

„Hast du großen Hunger?", fragte er. – Ich vernahm meinen knurrenden Magen, aber seine Äußerung vorhin hatte dennoch einen heftigen Druck ausgeübt. Ich würde wahrscheinlich keinen Happen hinunter bekommen.

„Groß ist mein Hunger nicht, aber für eine Kleinigkeit bin ich zu haben", gab ich ihm zur Antwort.

„Italienisch?"

„Ja!"

Wir hielten wieder an der gleichen Stelle und gingen um die Ecke zu einem Italiener. Das Lokal war nur wenig besucht und der Kellner platzierte uns an einen runden Zweiertisch. Das Restaurant war grell beleuchtet und die Atmosphäre nicht sonderlich gemütlich. Jerez setzte sich rechts neben mich. Seine Blicke schweiften durchs Lokal und landeten schließlich auf mir.

„Was möchtest du trinken?", er schaute mich innig an. Vielleicht tat es ihm ja leid, dass er mich so töricht gefragt hatte!? Wie taktlos seine Worte aber auch gewesen waren!

„Wein, trockenen Rotwein, Montepulciano. Ein Glas bitte! Und du?"

„Ich nehme Wasser."

„Wasser? Zur Feier des Tages könnten wir gemeinsam ein Glas Wein trinken", warf ich locker ein.

„Ich trinke keinen Alkohol!", kam es nüchtern aus seinem Munde. Ich hatte nichts dagegen einzuwenden, dass er Wasser trank, aber ein Schluck zum Anstoßen wäre nett gewesen. Hatte er vielleicht ein Alkoholproblem? Ich bat ihn freundlich, mit mir ein kleines Glas zu trinken. Er blieb hartnäckig und bei seinem Wasser. Gemeinsam schauten wir in die Speisekarte. Als Vorspeise bestellten wir Knoblauchbaguette. Er wählte einen gemischten Salat und ich Bandnudeln mit Meeresfrüchten. Jerez legte die Karte beiseite, streichelte mir zärtlich spielend über die Hand, hielt sie fest und blickte mir tief in die Augen.

„Du hast wunderschöne Augen! Aber das weißt du ja selbst", kam es über seine Lippen.

„Es ist sehr schön hier. Findest du auch?"

„Mhm, bis auf das zudringliche Licht!" – Jerez teilte dem Kellner umgehend mit, dass er das Licht etwas dimmen sollte.

„Besser so?"

„Ja, ich mag dies aparte Ambiente!", strahlte ich ihn an. – Sein Knie berührte meins. Schüchtern zog ich es zurück. Als das Essen kam, liebkoste er mit seinem Handrücken meine Wange und bemerkte:

„Ich finde es sehr schön, dass du da bist!" – Mir rutschte die Gabel aus der Hand und fiel auf den Boden. Jerez ließ mir eine neue bringen.

„Guten Appetit!", sagte ich.

Als wir gegessen hatten, sah ich auf die Uhr, es war bereits einundzwanzig Uhr dreißig. Die Zeit war wie im Flug vergangen.

„Wozu hast du noch Lust?", fragte er.

„Einen Gute-Nacht-Schluck in einer Bar?"

„Wir können gern zu mir gehen – hab auch Rotwein da!"

„Ich muss heute noch nach Hause fahren, da kann ich eh nicht viel trinken."

Musste er denn schon wieder sein Zuhause ansprechen? Nüchtern stellte ich fest, dass er in den Stunden, die wir nun miteinander verbracht hatten, sich honigsüß verhalten hatte, um mich emotional in seinen Bann zu ziehen. Ich fühlte mich ihm haushoch unterlegen und völlig ausgeliefert, schwieg die meiste Zeit einfach nur oder lächelte versonnen. Er nutzte meine Schwäche schamlos aus, sodass es bald an eine Art von Manipulation grenzte.

„Gut, wie du willst", sagte er müde.

„Ich kann auch jetzt nach Hause fahren, wenn du zu müde bist und ins Bett möchtest!", ging ich auf ihn ein.

„Nein-nein, schon okay. Ich bezahle und wir gehen." –

Während wir stillschweigend durch die Stadt fuhren, fiel mein Blick auf die vielen Gebäude und hell erleuchteten Geschäfte. Wir bogen in eine

Einbahnstraße ein und parkten dort. In einem gigantischen Glashaus verbarg sich unser nächstes Lokal. Eine nobel eingerichtete Hotel-Bar.

„Findest du es gut hier?", fragte er.

„Ja, ganz nett." – Er lotste mich in einen separaten Raum, der mit seinen dunkelroten Wänden einer Bordellloge glich. Außer uns befand sich nur noch eine weitere Person im Raum – ein Gitarrist. Er stimmte soeben sein Instrument und hatte vermutlich vor, uns zu begleiteten und ein Flair von Harmonie mit sinnlichen Melodien zu vermitteln. Wir setzten uns in eine der beschaulichen Sofaecken.

„Was wollen wir jetzt trinken? Hier bezahle ich", schlug ich entgegenkommend vor.

„Gut, bei mir sieht es knapp aus. Vor zwei Wochen wurden mir sämtliche Bankkarten aus dem Auto geklaut, mein komplettes Portemonnaie." – Was war denn das nun schon wieder? Er hatte doch vorhin im Restaurant mit seiner EC-Karte bezahlt, merkwürdig! Die Getränkekarte zeigte allerdings deftige Preise.

„Ich nehme ein alkoholfreies Bier", sagte ich.

„Gut, dann trinke ich ein Cocktail."

„Ein Cocktail mit oder ohne Alkohol?", fragte ich kess.

„Ohne." – Er legte seinen rechten Arm auf die Sofalehne, schlug seinen Fuß über den Oberschenkel und sagte:

„Du bist ganz schön dominant. Entspann dich doch einfach!"

Zum wiederholten Male erwähnte er das Wort dominant. Warum eigentlich? Passte es ihm nicht? Ich fragte nicht nach. Doch diese eigenartige Feststellung brodelte in meinem Hirn weiter.

„Gemütlich hier", lenkte ich ab. „Sag mal, was würdest du tun, wenn sie hereinkäme?"

„Wer?", fragte er verdutzt.

„Na *sie*?"

„Wer sie …?" – Die Unschuld vom Lande fragte: Wer sie?, als hätte er Tausende an der Angel. Vielleicht hatte er vergessen, dass er liiert war? Endlich fiel der Groschen.

„Ach so. Ich würde meine Hand heben ‚Hallo' sagen und mit dir weiterreden", sagte er cool.

„Glaub' ich dir nicht", erwiderte ich mit einem scherzenden Lächeln. – „Liebst du sie?" Gerade wurde ich ziemlich sauer auf mich, dass ich mich um diese Zeit noch mit so einem Scheiß befasste.

„Um deine Frage zu beantworten – klar empfinde ich was für sie, trotzdem passen wir in keinerlei Hinsicht zusammen, wir streiten uns oft und sehen uns, wie wir Lust und Laune haben …!"

„Also führt ihr eine offene Beziehung?"

„Nein, natürlich nicht! Wie auch immer, man sollte die Frau, mit der man zusammen ist, nicht schlecht machen. Lass uns einfach schweigen, in die Augen schauen und genießen. Da sieht man doch viel mehr", sagte er etwas überschwänglich. – Fragen waren für ihn anscheinend ein rotes Tuch? Er löcherte mich mit seinen Fragen wie einen Holzbalken, während ich den Bohrer kaum oder nur mit Mühe und Not ansetzen konnte.

„Du bist schwierig", warf ich kurz ein.

„Nein, keineswegs. Ich bin ganz einfach strukturiert."

„Einfach strukturiert?", mir klappte die Kinnlade runter. Er bezeichnete sich als einfach strukturiert, als *einfach strukturiert*! Unglaublich – herrje! Ich schwieg. Menschen, die einfach strukturiert sind, haben in der Regel eine Lebensanschauung, die von der Tapete bis zur Wand reicht. Sie urteilen in anspruchslosen Denkmustern. Die Erinnerung an Frauke überkam mich. Er dachte also lieber schlicht, ohne viele Umwege. Damit erklärte sich natürlich seine gesamte Verhaltensweise. – Doch ich wollte es nicht so recht glauben und nahm die Symptome erstmal hin.

Der Musiker fing an seine Gitarre zu streicheln und spielte einen Song von Percy Sledge, „*When a man loves a woman*". Zauberhaft! Meine Drüsenüberfunktion verlor sich und der Hochdruck im Körper pegelte sich auf einen normalen Grad von Gelassenheit ein. Jerez kam näher gerückt, fasste mir an den Oberschenkel und rutschte mit seiner Hand hin und her, streifte mir über den Arm Richtung Gesicht und strich sanft mit dem Handrücken über meine Wange. Ich genoss diesen Augenblick und schloss langsam meine Augen. Seine Hand wanderte weiter Richtung Rücken und lustwandelte bis zum Ansatz meiner Hose. Ich öffnete die Augen, ergriff ruckartig seine Hand, legte sie zu ihm rüber.

„Unterlass das, Jerez! Ich mag das nicht!"

„Na, dann eben nicht", und er legte seinen Arm zurück auf die Sofalehne. – Klar, er dachte einfach. Ich nippte von meinem Bier und er sog durch seinen Strohhalm den Cocktail. Gelassen lehnte ich mich zurück. Wir sahen uns tief in die Augen. Mein Instinkt verlangte nach Zärtlichkeit, Ruhe und Wahrheit. Befand ich mich in der Realität oder träumte ich? Schon wieder erforschte er mit seiner Hand meinen Rücken und tastete sich erneut in Richtung Hose. Wie schamlos!

„Warum tust du das?", fragte ich. Meine Venen fingen erneut an zu toben.

„Ich mag dich berühren!"

„Das kannst du doch, aber nicht gleich in die Hose!"

Ich sah es als ein Experiment. Er hatte das Talent, sich interessant zu verkaufen. Jedenfalls privat! Mit gemischten Gefühlen zwar konnte ich doch der Versuchung nicht widerstehen, mich an seine Schulter zu lehnen und meine Hand auf seinen Bauch zu legen.

„Ein schönes Gefühl, wenn du in meiner Nähe bist!", raunte er wohlklingend. – Jerez streifte mir durchs Haar, kämmte es mit seinen Fingern nach hinten und kraulte meinen Kopf. Ich genoss es rundweg. Meine Hand kreiste auf seinem Bauch, mein Blick lag auf seinen Beinen. Sie formten sich wohlproportioniert durch seine Jeans und ich konnte es mir nicht verkneifen, seine Oberschenkel zu berühren. Ich hatte das Bedürfnis, die Stärke seiner Beine zu ertasten und provozierte ihn damit mit Sicherheit in seinem Vorhaben.

„Du hast schöne Beine!", ließ ich sanft verlauten und richtete mich auf. Er hatte seine Augen geschlossen.

„Schläfst du schon?", fragte ich.

„Na ja, bin etwas müde. Aber es geht noch!" – Ich neigte mich zurück an die Sofalehne und verschränkte meine Arme. Auch ich war leicht ermüdet. Ich hatte ursprünglich geplant, um dreiundzwanzig Uhr meine Heimfahrt anzutreten – der Zeitpunkt war längst überschritten! Wieder fing er an, seine Hand in Bewegung zu setzen und seine Handfläche ‚brauste' wie ferngesteuert über meine Oberschenkel.

„Du hast auch schöne Beine", beteuerte er.

„Hm … wenn du meinst!", sagte ich leicht gehemmt. Seine Blicke durchdrangen meine, und ein deutliches Gespür der Lust konnte man buchstäblich von seinen Augen ablesen. Nur seine Ruhe und das Liebevolle verführten mich zum Sitzenbleiben, obwohl ich längst auf der Autobahn nach Leipzig sein wollte.

„Jerez … was bist du für ein Sternzeichen?"

„Krebs und mein Aszendent ist Skorpion. Und du?"

„Stier."

„Und dein Aszendent?"

„Ich glaube Löwe."

Ein Krebs-Skorpion, damit war ich nun noch gar nicht konfrontiert gewesen. Bisher hatte ich es mit einem Widder-Mann, einer Fisch-Frau, einem Stier-Mann und einer Wassermann-Frau zu tun gehabt. Auf jeden Fall hatten sie alle in mir eine seelische Zerrissenheit ausgelöst. Aber astrologisch war ich auch nicht die Hellste.

„Glaubst du an Horoskope?", polterte ich.

„Hab mal gelesen, dass der Stier viel erdet und vieles mit gutem Sex ausgleicht, und Krebs-Skorpione leidenschaftlich lieben!", war seine ziemlich eindeutige Aussage.

„*Wie* ansprechend!" Bist du einfach strukturiert, du Typ!

„Lass uns gehen. Ist schon spät", und er sprang eilig auf. Ich bezahlte die Getränke und wir fuhren zum Standort meines Autos. Einen kurzen Moment blieben wir noch in seinem Cabrio sitzen.

„Schade, dass die Zeit so schnell vergangen ist", sagte er und fuhr liebkosend über meine Wange. – Schon recht, bis auf den Anfang mit den ‚kleineren' Ausschweifungen!

„Magst du mitkommen oder willst du wirklich schon nach Hause fahren?", versuchte er mich erneut zu beeinflussen.

Ich schaute ihn skeptisch an. Sollte ich jetzt seine leichte Beute sein, mich maßlos einer „Prostitution" hingeben? Nein, Polly, lass dich nicht unterbuttern! Die Worte meiner Freundinnen: „Lass dich auf nichts ein!", ratterten durch meinen Kopf. Aber Jerez sah mich so treuherzig an, sodass ich mich schließlich doch dazu überreden ließ, vor meiner Rückfahrt kurz bei ihm vorbeizuschauen.

„Okay, ich komme mit, aber nur für zehn Minuten, um mir deine Wohnung anzusehen."

„Na, dann los! Ich leite dich." – Adrenalin feuerte wie ein brennender Zirkusreifen in meiner Herzgegend, mein Blut sprudelte fast über wie kochendes Wasser und meine Hände zipperten, als würde ich gleich die Kontrolle verlieren.

Wir brauchten keine zehn Minuten, um das Stadtleben zu verlassen. Nach ein paar hundert Metern ging die Landstraße in einen Holperweg über. Rechts und links standen hohe verschneite Bäume. Jerez fuhr immer langsamer. Es schien, als suchte er nach einem Parkplatz. Er setzte Blinkzeichen, was wohl bedeutete, dass ich irgendwo mein Auto parken sollte. Mit meinem Mittelklassewagen drängelte ich mich zwischen einen Oldtimer und einen kräftigen stämmigen Baum. Jerez lief schon voraus. Es war hundekalt. Dem Anschein nach war die Gegend gut bewohnt und meine aufkommende Bangigkeit verflüchtigte sich einstweilen. Wir liefen versetzt einen Feldweg entlang – wortlos. Zwei Häuser standen auf der rechten Seite, die ringsum von freiem Feld umgeben waren. Durch das weiße winterliche Flair war keine Gegend erkennbar. Unverhohlen schlug meine ängstliche Befangenheit wieder zu.

„Ziel erreicht", sagte er. – Wir steuerten auf ein dreistöckiges Wohnhaus zu. Das andere, ungefähr zwanzig Meter entfernt, war ein Einfamilienhaus. Beide Häuser waren unbeleuchtet. Er schloss die Haustür auf, eine braune massive Holztür mit tiefen Spuren des Alters, und knipste das Hauslicht an. Dann widmete er sich seinem Briefkasten, aus dem ein Haufen Werbeblätter auf den Boden fiel. Unbeachtet dessen stieg er nun mit schnellem Schritt die Treppe empor, ich folgte ihm bedächtig. Das Treppenhaus sah ziemlich verwohnt aus, Putz bröckelte von den Wänden, die Stufen knirschten. Angst und Unruhe durchströmten unablässig meine Körperzellen. Alles in mir fing an zu vibrieren und das Adrenalin schoss wie Meteoriten durch meine Blutbahnen. Wir erreichten das Dachgeschoss – aha, nur er wohnte hier oben. Die dunkelocker unfertig gestrichene Wohnungstür glich einer verstaubten Kellertür.

„Komm rein!", waren seine Worte.

Wir befanden uns in einer Art Garderobe, ein kleiner Vorraum, der kühl und geschmacklos wirkte. Die Dielen knarrten wie in einem Abbruchhaus. Eine kleine weiße Kommode, ein antiquarischer Stuhl und ein dazu passender Schrank standen vor der weißen befleckten Wand. Auf der Kommode lagen Schlüssel, Visitenkarten und Zeitschriften. Gegenüber hing ein übergroßes Highway-Wallpaper an der Wand. Jerez war darauf abgebildet, mit Sonnenbrille, Base-Cape und Rollerblades fuhr er mitten auf der Route 66.

„Warst du schon einmal in Amerika?", wollte ich wissen.

„Nein. Warum?"

„Tolles Plakat hier."

„Ist eine Retusche. Aber der Mann in der Mitte bin ich", betonte er. Ich musste mir auf die Lippen beißen und ein aufschreiendes Lachen verkneifen: „Eine Retusche, aber der Mann in der Mitte bin ich!" – Oh, er hatte vermutlich ein schwaches Selbstwertgefühl?

Jerez setzte sich auf den antiquarischen Stuhl und zog sich seine Schuhe aus.

„Zieh bitte auch deine aus!", forderte er mich auf. Anstandshalber streifte ich meine Langschäfte runter, behielt aber meinen Mantel demonstrativ an.

„Und der Mantel? Ziehst du ihn nicht aus?", fragte er irritiert.

„Nein, Jerez, ich gehe doch gleich wieder, bin eh schon spät dran …", und verleierte meine Kulleraugen. – Neugierig trabte ich ihm hinterher. Wir betraten nun seine eigentlichen vier Wände. Alle Türen waren verschlossen, bis auf die Küchetür, die weit offen stand.

„Das ist die Küche." Ich setzte eine undurchsichtige Miene mit einem schneidenden Blick auf. Meine Augen versuchten im Schnelldurchgang soviel wie möglich von der Küche zu erfassen. Sie strahlte keine Wärme aus, war lieblos und äußerst unzeitgemäß eingerichtet. Unter einem größeren Servierwagen, der in einer Ecke stand, lagerten leere Bier- und Weinflaschen. Ein Abwaschhaufen stapelte sich in der Spüle. Auf dem Tisch stand ein Blumenstrauß mit fünf frischen roten Rosen, Zeitschriften lagen kreuz und quer verteilt.

Ich drehte mich um, um nach Jerez zu schauen, doch er war nicht in Sichtweite. Es war still, sehr still. Ich war so in die Küchenschau vertieft gewesen, dass ich sein Wegschleichen nicht bemerkt hatte. Jedoch hörte ich jetzt die Dielen knarren. Ich lief durch eine zwei mal zwei Meter große Flurdiele, die die Verbindung zum Vorraum herstellte. Zu meiner Rechten hing eine kleine Pinwand mit verschiedenen Fotos. Auf einem schmückte sich Jerez mit außerordentlich hübschen Frauen, in deren Mitte er posierte. Die Frauen glichen meinem Typus – große Augen, braune Haarfarbe, schlank – konnten jedoch mit einer üppigerer Oberweite glänzen, die sie durch Pullis mit V-Ausschnitt oder luftige Sommerblusen noch extra betonten. Ein erneutes Quarren der Dielen war unüberhörbar, ich folgte dem Geräusch und rief laut hallend:

„Hallo – Jerez?"

„Hier hinten bin ich", schallte es durch die Räume. – Bloß gut, dass ich bereits einigermaßen mit den Räumlichkeiten vertraut war! Trotzdem musste ich ihn suchen und stolperte von der Flurdiele ins nächste Zimmer.

„Ach, hier steckst du." – Er war gerade dabei, seine Unterlagen aus der Arbeitstasche auszupacken.

„Dein Wohnzimmer?", fragte ich. Ein riesiges Zimmer bot sich mir dar, das ausschließlich mit dänischen Möbeln ausgestattet war, ein prachtvoll fluffiger beigefarbener Teppichläufer lag in der Mitte des Zimmers, eine Rattancouch stand längs unter der Dachschräge. In der Ecke wucherte eine riesige breitgefächerte Palme, die fast bis zur Decke reichte und ein gigantisches auf Leinwand gemaltes Blumenbild strahlte von der Wand. All das imponierte mir sehr und ich fand endlich Wärme in der Wohnung.

„Gefällt es dir hier?"

„Ja, es ist sehr gemütlich", betonte ich lächelnd.

„Was sind das dort für Räume?", fragte ich neugierig.

„Arbeitszimmer und Schlafzimmer. Möchtest du sie sehen?"

„Ja. Warum nicht?" – Ich blieb an der Tür stehen, die auf einer Seite mit buntem Glas verziert war, und warf einen schnellen Blick in sein Arbeitszimmer. In einem kurzen Moment erfassten meine Augen einen Computer, den Schreibtisch, ein paar Hängeschränke mit unzähligen Ordnerregalen, geschmackvolle Grünpflanzen und ein Dreisitzer-Sofa mit schneeweißem Überwurf.

„Schau nicht so genau hin. Es liegt überall Arbeit herum", beteuerte er.

„Ist normal", fügte ich hinzu. – Merkwürdig, er haderte in einem fort, zeigte die ganze Zeit schon dieses gemütsarme gnatzige Gesicht und verhielt sich sehr unzugänglich. Mit dem Finger zeigte er zu einer anderen Tür, das musste sein Schlafzimmer sein. Zum Schlafraum führte ein Durchgangszimmer mit einer Schrankreihe, bestehend aus fünf goldbraunen Kleiderschränken, die bis unter die Zimmerdecke reichten.

„Komm! Ich zeig's dir!" – Ich folgte ihm und schaute in einen dunklen Raum.

„Gibt es hier kein Licht?"

„Doch."

Er knipste das Licht an und noch bevor ich mich richtig umschauen konnte, huschte er plötzlich zum Nachttisch, grabschte nach etwas Knisterndem und ließ es geschwind in seiner Hosentasche verschwinden, als wäre es ein vergessenes Bonbonpapier. Das war doch nicht etwa der Schutz für ein gewisses lüsternes Bedürfnis – ein Kondom? Jerez verflüchtigte sich. Nur seine Schritte durch das Zimmer nebenan drangen zu mir herüber. Ich sah mich im Schlafzimmer um. In der Mitte stand ein massives Futonbett, dunkelblauer Satin umhüllten Bettdecke und Kopfkissen, je ein Nachtschränkchen stand rechts und links am Kopfende. Ein flach gewebter hellgrauer Teppich füllte das ganze Zimmer aus. Dem Bett gegenüber befand sich eine riesige Winterpalme.

Ich wollte nun doch endlich nach Hause und knipste das Licht aus. War ihm seine rasche Bewegung zum Nachttisch peinlich gewesen? Mir wäre es an seiner Stelle übelst unangenehm gewesen. Na ja, er war eben einfach strukturiert!

Als ich mich vom Schlafzimmer entfernte, vernahm ich keinen Laut mehr. Häh, wo war er denn nun wieder? Es wurde mir langsam unheimlich in dieser seltsamen Wohnung und ich wollte nur noch raus hier. Mein Gesicht war käseweiß und ich wusste vor lauter Schauder nicht mehr, wo die Ausgangstür war.

„Hallo … Jerez …?", meine Blicke schwangen in jeden Winkel. – Huch, da stand er ja mit verschränkten Armen am Türpfosten des Wohnzimmers.

„Warum sagst du denn nichts?", fragte ich entrüstet und zugleich ein wenig erleichtert.

Er rührte sich keineswegs. Seine Gesichtszüge und der Blick durch seine Brille waren unverändert – steif und starr. Ich wollte mich rasch von ihm verabschieden und drückte ihm ein flüchtiges Küsschen auf die Stirn.

„Ja, es ist besser, du gehst jetzt, sonst kann ich für nichts garantieren", kam es angespannt aus seinem Mund. Ich schaute ihn an und versicherte eilig:

„Bin schon weg", und lief Richtung Vorraum.

Mit immer noch verschränkten Armen lehnte er sich jetzt an den Pfosten der Tür zum Vorraum und verzog weiter keine Miene. Tat er nur so oder war er wirklich so taktlos? Ich zog meine Stiefel an und sagte förmlich:

„Gute Nacht! Danke für den schönen Abend. Beim nächsten Mal kannst du ja nach Leipzig kommen."

Er schaute mich nervös an.

„Wer sagt, dass du jetzt nach Hause fährst?", polterte er ironisch heraus. – In diesem Moment klingelte mein Handy. Es war bereits kurz vor Mitternacht. Celly rief an.

„Bist du schon unterwegs?"

„Gleich. Ich fahre in zwei Minuten los", antwortete ich.

„Alles in Ordnung?", fragte sie.

„Ja! Warum nicht? Ich stehe fix und fertig an seiner Tür."

„Gut. Dann fahre vorsichtig! Wir sehen uns bestimmt morgen! Bin neugierig!"

„Ich melde mich morgen im Laufe des Tages. Tschüss."

„Tschüss. Bis morgen!"

Ich wollte das Handy eben wieder einstecken, da zerrte Jerez es mir aus der Hand und sagte:

„Das brauchst du heute nicht mehr. Es ist spät, und kalt draußen, die Straßen sind verschneit und glatt. Da kann ich dich nicht nach Hause lassen!"

„Was soll denn das jetzt heißen? Es stand doch von vornherein fest, dass ich heute Abend die Heimreise antrete. Gib mir bitte mein Handy wieder!" – Eiskalt lief es mir den Rücken runter, meine Hände zitterten und wahrscheinlich war mein Gesicht leichenblass.

„Hol es dir doch!", forderte er mich auf, drehte sich um und lief in Richtung Wohnzimmer. Ich stand stocksteif im Vorraum. Durch das Knarren der Dielen wusste ich, dass er in Bewegung war. Sämtliche Gedanken – meine Tochter, meine Familie, meine Freundinnen, meine Arbeit – strömten panikartig auf mich ein. Ich blickte zur Ausgangstür, sah die Türklinke, es waren nur zwei Schritte bis dorthin. Leise schlich ich mich mit ausgestrecktem Arm zur Wohnungstür. Vorsichtig drückte ich die Klinke nach unten. Sie war abgeschlossen.

„Wo bist du denn, Polly? Komm zu mir. Ich will mich mit dir unterhalten." – Angsterfüllt tappte ich in das Wohnzimmer. Die Räume waren jetzt in ein schummriges diffuses Dunkel getaucht, von Fensterbrettern und dem Sideboard flackerte schwach zügelnder Kerzenschein. Jerez saß im

Schummerlicht auf seiner Couch in der Ecke und strahlte mich siegesgewiss an.

„Komm her zu mir und setz dich!"

„Es ist spät. Ich möchte gern nach Hause!"

„Ich möchte gern ein wenig mit dir reden."

„Worüber denn?", fragte ich furchtsam. – Erneut verlangte er von mir, dass ich mich setzen sollte, diesmal in einem zunehmend herrischen Ton.

„Du machst mir Angst."

„Du musst keine Angst haben. Ich will dir nur eine Frage stellen!"

„Stell doch deine Frage!"

„Setz dich endlich aufs Sofa, sonst hol ich dich!", sagte er mit aggressiver Stimme.

Vor Angst bebend und völlig verstört lief ich zu ihm und setzte mich auf den Rand der Couch.

„Du fällst gleich runter. Komm näher!"

Unter Schock stehend rutschte ich in seine Nähe.

„Na, geht doch", sagte er bestimmend.

Er legte seinen rechten Arm um meine Schulter und fing an zu erzählen.

„Mein Liebes! Ich möchte dir gern etwas über mich sagen. Du hast sicherlich die vielen leeren Bier- und Weinflaschen in der Küche gesehen. Das sind jedenfalls keine Flaschen, die ich leer getrunken habe. Freunde sind oft zu Besuch, und man sollte ihnen einiges an alkoholischen Getränken anbieten können. – Möchtest du vielleicht ein Glas Wein?"

„Nein!", erwiderte ich regungslos.

„Vor einem Jahr bin ich zum trockenen Alkoholiker geworden, nachdem der Arzt mir eine Leberkrankheit diagnostiziert hatte. Daher ist mir nun der Alkohol verwehrt. Ich habe meine Essgewohnheit umstellen müssen und bin auf vegane Ernährung umgestiegen. Komm! Ich zeig dir was." – Er nahm mich an die Hand und zog mich hinter sich her in die Küche. Ich schlotterte vor Entsetzen und Abscheu. Jerez öffnete die Schranktüren und Schubfächer seiner Küchenmöbel. Massenhaft Nahrungsergänzungsmittel stapelten sich in den Schränken und füllten die Schubladen, die fast herausfielen, da sie sehr lavede waren.

„Siehst du! Davon ernähre ich mich überwiegend. – Was ist eigentlich los? Du siehst so traurig und besorgt aus! Alles ist in Ordnung. Fühl dich wie zu Hause!"

„Was willst du von mir? Ich möchte mein Telefon zurück!" – Ich hielt Ausschau nach meinem kleinen Rucksack, der ebenfalls nicht mehr im Flur stand. Als ich ihn danach fragte, bekam ich lax zur Antwort:

„Den brauchst du doch jetzt nicht oder willst du noch irgendwohin?"

Jetzt war das Maß voll, ich schrie wütend los, war völlig außer mir, konnte meine Zunge nicht mehr zügeln.

„Lass mich los, lass mich gehen, du bist doch krank, du bist ein Irrer!"

„Das sagst du nicht noch mal! Mach mich nicht wütend!", und er zerrte mich am Arm zur Couch, schmiss mich mit voller Wucht gegen die Sofalehne, worauf ich zu Boden fiel.

„Bring mich nicht zur Weißglut! Füge dich mir und es wird dir gut gehen."

Ich fing bitterlich an zu weinen und aus dem Weinen wurde ein Schreien. Er hielt mir den Mund zu und brüllte fortlaufend, dass ich mit dem Gewimmer und Gekreische aufhören soll und dass mich eh keiner hört.

„Tut mir leid, dass du auf den Boden gefallen bist. Komm, steh auf! Ich helfe dir."

Wieder saß ich zitternd neben ihm auf der Couch. Ich wusste, die Tür war abgeschlossen. Ich schaute zu den Fenstern. Keine Balken oder Gitter blockierten die Fensterscheiben. Ein möglicher Fluchtweg?

„Entspann dich! Ich gehe kurz duschen. Bist du brav und wartest hier auf mich?"

Duschen? Jetzt, um diese Zeit? Er hatte mir gar kein Badezimmer gezeigt. Warum und wo wollte er denn jetzt duschen? Es war längst nach Mitternacht. Was war das bloß für ein nervenkranker Psychopath?? Ich hatte nur noch ein Verlangen, ich wollte nach Hause, wollte raus aus diesem Irrenhaus, flüchten – aber wie?

„Bis gleich, mein Liebes", er winkte mir mit zwei Fingern zu und lief in Richtung Vorraum. Ich hörte, wie sich der Schlüssel im Türschloss drehte. Jerez kam wieder zurück und sagte: „Bin nur eine Etage tiefer. Dort ist das Badezimmer … also bis gleich, Liebling."

„Okay!", bebte meine Stimme. Sein Badezimmer war eine Etage tiefer? Die Wohnungstür fiel scheppernd ins Schloss. War er jetzt wirklich weg? Oder lauschte er an der Tür? Es war still, sehr still, ich hätte eine Stecknadel fallen hören, so still war es!

In Zeitlupe zog ich mich an der Couchlehne hoch, um an das Wohnzimmerfenster zu reichen. Ich ergriff den Fensterriegel mit beiden Händen und drehte ihn vorsichtig nach rechts. Ich drückte stärker. Nichts, keine Regung, das Ding rührte sich keinen Millimeter. Ich probierte es erneut und presste den verdammten Riegel mit allen Kräften. Vergebens, das Fenster war fest verschlossen. Rasch huschte ich ins Arbeitszimmer und versuchte es dort, vergebens! Ich rannte wie von Sinnen in die Küche und rüttelte am Fenster, zwecklos. Von Panik ergriffen probierte ich es schließlich an der Wohnungstür – *o nein!* Es war zum Verzweifeln, alles war fest verriegelt und verrammelt! Ich war hoffnungslos verloren ...

„Lieber Gott – wenn es dich gibt?! Bitte, hilf mir aus diesem Irrenhaus zu entfliehen! Bitte, bitte hilf mir!"

Plötzlich ertönte Jerez Stimme.

„Ich dachte, du verhältst dich brav und erwartest mich liebevoll. Derweilen läufst du von einem Zimmer zum anderen und rüttelst an den Fenstern. Sie sind doch alle verschlossen, Liebling!"

Ich traute meinen Augen nicht. Er stand mit verschränkten Armen an der Durchgangstür zwischen Arbeitszimmer und Schlafzimmer, gute zwei Meter von mir entfernt, im flaschengrünen Frottee-Bademantel, die Haare streng nach hinten gegelt. Wo kam er so plötzlich her? – Er grinste:

„Nun, mein Liebling, hier gibt es noch andere Ein- und Ausgänge. Und im Übrigen, wir sind allein im Haus. Es gehört mir ganz alleine. – Möchtest du auch duschen?"

So ein Wahnsinniger! Mir war nur noch zum Schreien zumute. Ich durfte auf keinen Fall die Kontrolle verlieren. Also musste ich sein peinigendes Psycho-Spiel mitspielen.

„Nein, ich möchte nicht duschen. Danke."

„Dann lass uns wieder auf die Couch setzen, um es uns gemütlich zu machen." Er fing an, mein Gesicht zu streicheln. Mein Atem stockte. Mein Herz pochte hart gegen meine Rippen.

Ich spürte seine sexuelle Erregung. Er atmete tief ein und aus. Seine vom Duschen rot unterlaufen Augen starrten mich an.

„Ich will mit dir schlafen!"

Worte, die mir bereits im Restaurant die Luft abgeschnürt hatten. Sein aufdringlicher geiler Blick jagte eine eisige Gänsehaut über meinen ganzen Körper. Stocksteif saß ich neben ihm.

„Entspann dich!", forderte er mich auf.

„Ich kann nicht mit dir schlafen. Bin verhindert."

„Du hast deine Regelblutung?"

„Ja."

„Das stört mich nicht. Mach dir keine Gedanken, Liebling." – Liebling! Sein Scheißwort: Liebling! Mit dieser Verhöhnung verschaffte er sich wahrscheinlich eine innerliche Befriedigung.

„Zieh dich aus! Ich möchte deine Brüste streicheln."

„Nein! *Nein!*"

„Zieh dich aus! Ich kann ziemlich wütend werden. Das will ich doch nicht. Also …!"

Ich folgte seiner penetranten abscheulichen Aufforderung. Angstverzerrt zog ich Bluse und Trägershirt aus.

„Einen süßen BH trägst du da. Lass ihn mich öffnen."

Ich sträubte mich und rückte von ihm weg. Da traf mich eine schallende Ohrfeige auf meine rechte Wange, er zerrte mich am Oberarm zu sich herüber. Ich verdrückte mir das Weinen und zeigte keinerlei Reaktion auf seinen Schlag ins Gesicht.

„Komm, dreh dich rum!", und leckte dabei seine Lippen. Er griff unter meine Achseln durch, öffnete den Verschluss, zog die Träger runter und der BH fiel in meinen Schoß. Er stierte auf meine Brüste, fasste sie an und fing an zu stöhnen. Erschüttert starrte ich ihn an, war stumm vor Angst wie ein Fisch und hoffte auf ein Wunder. Auf das Wunder befreit zu werden, befreit von der Quelle dieses verhängnisvollen Elends.

„Und jetzt bitte deine Hose."

„Meine Hose?"

„Ich habe dir doch gesagt, dass es mich nicht stört, wenn du deine Blutung hast. Komm, lass dich nicht betteln!", sagte er im scharfen Befehlston.

Ich öffnete zögernd meinen Hosenknopf und zog den Reißverschluss auf.

„Los, mach schon. Zieh sie aus, deine Hose!"

Langsam schob ich die Hosenbeine runter. Er half mir beim Ausziehen und legte die Hose über die Sofa-Lehne. Meine Socken streifte er mir bedächtig über die Füße und legte sie ordentlich auf die Hose. Jetzt saß ich im Slip da. Mir war speiübel, und hundeelend, Panik ergriff mich vor dem, was er jetzt vorhatte.

„Ich mag deinen Körper. Komm, lehn dich an mich! Warte, ich ziehe mir vorher meinen Bademantel aus."

Er trug einen engen Slip unter dem Bademantel, in dem sich die hohe Wölbung seines Penis' abzeichnete. Er zog nun meinen Oberkörper an den seinen, nahm meine Hand und bat mich, ihm seine graumelierten Brusthaare zu kraulen. Ich tat es. Ich tat es aus Bedrängnis, aus Furcht. Meine schweißkalten Hände glitten über seine Brust und ich spürte seinen durchdringenden Atem deutlich durch das Auf- und Absenken des Brustkorbs.

„Ich bin so heiß auf dich, so lustvoll, so geil", stöhnte er. „Du wirkst so ruhig, so ausgeglichen. Das ist schön. Genießt du es auch so wie ich?", fügte er hinzu.

Ich empfand nur Gefühlsleere, Abscheu. Ich dachte an meine Tochter Liz.

„Schau mal etwas tiefer!"

Ich lehnte es ab. Er nahm meine Hand und drückte sie auf seine Boxershorts. Sein Penis war hart wie eine Nussschale.

„Fass ihn bitte an!", sagte er mit erregter Stimme. „Komm, streichle ihn!" Ich blieb regungslos. Er nahm meine Hand und bewegte sie hin und her.

„Nicht so zögerlich, Liebling." Er führte meine Hand in die Shorts hinein. Seine Eichel war feucht – geradezu ekelerregend. Zeitgleich begann er mit seiner Hand über meinen Slip zu fahren.

„Hast du einen Tampon drin?"

„Ja."

„Kannst du ihn bitte rausziehen oder soll ich es tun?", – mein Gesicht wurde kreidebleich. Ich schrie gellend:

„Du perverses Schwein! Du Irrer! Du Wahnsinniger!", und schlug auf ihn ein. Er hielt meine Arme fest und redete beschwichtigend auf mich ein.

„Psst! Beruhige dich! Wir machen es vorsichtig." Er wollte, dass wir das Zimmer wechseln. –

Als Jerez angeblich noch beim Duschen war, hatte er zwischenzeitlich das Schlafzimmer „vorbereitet", wovon ich nichts mitbekommen hatte. Aber jetzt war das Bett mit einem großen Tuch und zwei weißen Handtüchern ausgelegt. Auf dem Nachttisch standen eine Flasche Wasser und ein Glas Rotwein.

„Hast du Durst?", fragte er mich.

„Nein."

„Setz dich bitte auf die Bettkante!"

Fürchterliche Bauchschmerzen und Krämpfe plagten mich ohnehin von meiner Blutung. Das interessierte ihn nicht. Mein ganzer seelischer und körperlicher Zustand interessierte ihn nicht. Er zog mir mit einem finsteren Blick und einem aufgesetzten Lächeln den Slip aus. Der blaue Tampon-Faden war bereits zu sehen. Er fing an, daran herumzuziehen. Mit einem plötzlichen heftigen Ruck zerrte er den Tampon aus meiner Vagina. Ich schrie kurz auf. Ein jäher heftiger Schmerz durchfuhr mich. Angestautes Blut floss mit einem kurzen Schwall aus meiner Scheide.

„Was für eine Sauerei! Na, macht nichts, Liebling. Habe leider kein Handtuch auf meinen Teppich gelegt. Polly, liebste Polly. Mein einziges Bedürfnis ist, mit dir zu schlafen! Weiter nichts. Du hast dich von Anfang an geweigert. Mir bleibt also nichts anderes übrig, als dich zu nehmen. Es ist noch nie eine Frau von mir gegangen, ohne mein sexuelles Verlangen zu stillen. Ich hoffe, du verstehst das?"

Ich nickte völlig eingeschüchtert und apathisch. Obwohl sich meine Gedanken nur darum drehten, wie ich dieser Qual ein Ende setzen und dem Elend entkommen konnte, fürchtete ich doch, mich gegen ihn aufzulehnen, um mich so aus seiner Gefangenschaft zu befreien. Ich befolgte weiterhin seinen Irrsinn. Sein Penis war so steif und erregt, dass er es nicht mehr aushielt und ihn in meine Vagina stieß, natürlich ohne Kondom, trotz meiner Bitte. Ich versuchte krampfhaft einen Brechreiz zu unterdrücken, mein Bauch schmerzte, als müsste er in Stücke zersplittern.

Er wurde wilder und wilder, wurde haltlos, wurde gröber, warf mich nach hinten aufs Bett und drang noch weiter und härter in mich ein. Er stieß zu wie ein Kannibale. Rücksichtslos rammte er seinen Penis immer ungestümer und tiefer in mich hinein. Stumm, reglos, schmerzerfüllt, wie betäubt ließ ich es über mich ergehen. Alles war voller Blut. Jerez verschmierte es überall hin, mir ins Gesicht, in sein eigenes Gesicht, auf unsere Körper. Es sah aus wie bei einer Massenschlacht. Ich schloss die Augen, stellte mich tot und betete, dass es endlich ein Ende hat. Lieber Gott, mach, dass er kommt, mach, dass er endlich aufhört, mach, dass ich endlich hier weg kann! Er stöhnte laut vor Lust und unersättlicher Gier, und rammelte auf mir herum wie ein Berserker. Plötzlich stieß er einen spitzen Schrei aus. Er erstarrte, blieb völlig bewegungslos. Er schrie nur noch. Er schrie und schrie. In meinen Ohren dröhnte es und gellte, reflexartig trat ich mit aller Wucht nach ihm, sodass er auf einmal wie ein Sack von mir runterplumpste, und liegenblieb ... Er schrie weiter. Das war meine Chance! Wacklig und auf zittrigen Beinen, voller Schmerzen und blutverschmiert, rannte ich ins Wohnzimmer und schlüpfte schnell in meine Sachen. Dann suchte ich fieberhaft nach meinem Rucksack, da waren die Schlüssel drin, und mein Handy. Hektisch spürte ich endlose Minuten nach meinen Sachen und fand sie schließlich in der Abstellkammer in der Küche.

Jerez lag immer noch wie erstarrt auf dem Bett, er jammerte und heulte vor Schmerzen. Ein Schutzengel hatte mich von meinen Qualen befreit und ihm einen Bandscheibenvorfall geschickt. Jetzt litt er. Häme beschlich mich, und Genugtuung. Ich überwand kurzzeitig meinen Ekel und die Angst und stahl mich vorsichtig an ihn heran. Die Wohnungsschlüssel befanden sich in seiner rechten Bademanteltasche. Ich zog sie rasch heraus.

„Hilf mir! Bitte!", waren seine letzten Worte.

Meine letzten Worte waren: „Ich fahre jetzt zu meiner Tochter!", und ich verließ schleunigst seine Wohnung. –

Er hatte mich auf eine gewisse Art verzaubert, hatte gespürt, welche Saiten er in mir zum Schwingen bringen musste. Er besaß eine fast hypnotische Macht, mit der er mich manipulieren konnte. Er lebte und dachte wie ein Psychopath. Obwohl mir solche Gedanken, bevor ich zu ihm gefahren war, unbewusst flüchtig durch den Kopf geschossen waren, hatte ich es nicht wahrhaben wollen, hatte es nicht für möglich gehalten ... und war ein Opfer geworden, *sein* Opfer. Ich werde nie sein letztes Opfer sein.

Keiner erfuhr von dieser Geschichte. Ich schwieg. Ich schwieg aus Angst, und aus Scham.

Genau zwei Uhr zweiundvierzig stieg ich in mein Auto. Ich freute mich auf zu Hause. Ich freute mich auf meine Tochter Liz. Ich freute mich auf den Sommer – auf Henners Grundstück.

*

Frühlingsblinzeln oder

das letzte Brückenbrett

Nichts war mehr so wie vorher. Ich war wie aus dem Leben gerissen, und in ein Nichts gefallen, war für immer abgetaucht. Und doch strebte tief unten in mir etwas nach dem Freiheitsfunken. – In diesem Teufelskreis rotierte ich unablässig. Auch wenn es eine kleine Erleichterung für mich gewesen war, es irgendwann einmal Nanny erzählt zu haben, dennoch, ich befand mich allein in dieser Misere. Ich wollte da raus, wollte endlich eine *Brücke zu meiner seelischen Freiheit* bauen. Nur wie?

Die Sonne schien herrlich warm und ich genoss diese Lichttherapie täglich bis zu zwei Stunden. Egal ob im Garten, im Wald oder am See. Dies war zumindest *eine* Möglichkeit, mir ein positives Selbstbild zu schaffen. Ich wusste, es gehört mehr dazu.

Am heutigen Donnerstag hatte ich bereits gegen Mittag Seminarschluss. Ich war froh, diesen steinigen Kraftakt erneut geschafft zu haben und den Unterricht mit stetem aufgesetzten Lächeln durchgezogen zu haben, – und morgen erwartete mich ein freier Tag. Liz war seit gestern mit der Klasse unterwegs und würde erst Sonntag zurückkommen. Das hieß: Zeit für mich! Zeit zum Nachdenken!

Spontan rief ich bei der Zugauskunft an und buchte für den nächsten Tag ein Ticket nach Kiel. Intuitiv zog es mich ans Meer. Ich war noch nie in Kiel oder an der Nordsee gewesen. Mit dem Auto wollte ich nicht fahren. Ich hatte keine Lust, mich so lange konzentrieren zu müssen oder gar in einem Stau zu landen. Also entschied ich mich für den ICE; hier konnte ich mich im Abteil niederlassen, einfach aus dem Fenster blicken, Gedanken schweifen lassen und mich weit fort von allem Alltagskram tragen lassen. Ich spürte, ich begann vor mir selbst zu flüchten. –

Am Abend packte ich ein paar Sachen zusammen und telefonierte noch kurz mit Celly. Ihr waren natürlich seit geraumer Zeit meine andauernden Stimmungsschwankungen aufgefallen. Wenn sie mich darauf ansprach, hatte ich immer Ausflüchte parat: *„Das ist normal"*, *„Das hat jeder mal"*, *„Morgen sieht es wieder besser aus"*. Solche und ähnliche Vorwände hörte sie in den letzten Wochen und Monaten stets von mir, – und auch Susan und Marlene kannten diese Sprüche bereits. Sie wussten immer noch nichts von dem Ablauf in Berlin. Ich fraß dieses schreckliche Erlebnis in mich hinein – und es fraß mich innerlich auf. Aber warum sollte ich es ihnen erzählen? Vielleicht würden sie ja sogar ganz nett reagieren, wie Nanny, die mir Ratschläge und Hilfsdienste anbot und mich tröstete und mir gut zusprach. Aber wäre mir damit wirklich geholfen? Ich hatte etwas verloren, etwas Einzigartiges, und das konnte mir niemand, *niemand* zurückgeben. Eine Zeit des Grübelns setzte ein, ein ständiges Grübeln über mich selbst.

Freitagmorgen halb acht lief ich zum Bahnhof in Markburg. Unterwegs begegnete ich Mama. Auch das noch. Ich hatte sie eigentlich vom Zug aus anrufen wollen, um ihr zu berichten, wie mein Wochenende aussehen sollte. Aber das hatte sich ja jetzt erübrigt.

„Was machst du so zeitig hier?", fragte sie verwundert.

„Ich will mich mal ausspannen, mich freimachen. Ich fahre nach Kiel. Und was machst du so zeitig hier?", fragte ich nicht weniger verwundert.

„Hab einen Arzttermin … – Nach Kiel? Was willst du in Kiel?"

„Mir eine Auszeit nehmen. Liz kommt erst Sonntagnachmittag wieder. Da nutze ich die Zeit für mich. Ich wollte dich vom Zug aus anrufen und dir Bescheid geben, aber …"

„Die Auszeit hättest du auch im Garten haben können!", konterte sie.

„Mama! Ich möchte einfach mal für mich sein. Weiter nichts. Bin Sonntagmittag wieder zurück."

„Versteh ich nicht … Na ja, muss ich auch nicht. Na dann, viel Spaß und melde dich, wenn du angekommen bist."

Wir drückten uns ein Verabschiedungsküsschen auf die Wange und jeder ging seiner Wege. Ich blickte mich noch einige Male um und winkte ihr zu, bis sie an der Straßenecke verschwand.

Mit großen Schritten näherte ich mich dem Bahnhof und musste mich auch schon sputen, denn der Zug in Richtung Leipzig war soeben eingefahren und kam gerade zum Stehen. Ich suchte mir ein menschenleeres Abteil, zog meine Jacke aus und stellte meine Tasche auf die Gepäckablage. Zirka zwanzig Minuten dauerte die Fahrt bis zum Leipziger Hauptbahnhof. In dieser Zeit zerbrach ich mir den Kopf, versuchte eine Taktik zu entwickeln und die düsteren Phasen meines Selbstbildes zu bezwingen. Ich zog einen karierten A5-Block aus der Tasche, den ich mir vorsichtshalber eingepackt hatte und legte ihn neben meinen Kuli, um Notizen zu machen. Celly sagte oft zu mir: „Wenn du mit einer Sache nicht zurecht kommst, schreib sie auf. Schreib auf, was dich bewegt. Das tut gut. Ich mach es auch so!" –

Der Block blieb jedoch vorerst leer. Leer, wie ICH!

Pünktlich acht Uhr siebenundvierzig fuhr der Zug los, von Leipzig Hauptbahnhof nach Kiel – mit zweimal Umsteigen würde ich gegen dreiviertel zwei am Ziel sein. Ich hatte mir die längste Fahrtzeit herausgesucht, um möglichst lange unterwegs zu sein. In einem Abteil mit Schiebetür und sechs Sitzplätzen war ich bisher allein unterwegs. Ich hoffte sehr, dass das so blieb und die Plätze nicht belegt wurden. Ich machte es mir bequem, setzte mich in Fahrtrichtung ans Fenster. Mit kleinen Freudentränen und einem zarten Lächeln im Gesicht freute ich mich auf meinen kleinen, großen „Ausritt". Und das dazu noch ganz allein!

Fünf Stunden Fahrt, das hieß fünf Stunden ganz für mich, die Ruhe genießen, nachdenken. Nachdenken darüber, wie ich endlich meinem psychischen und physischen Tiefgang entkommen könnte.

Die Sonne wich abwechselnd Regen und Wolken, das Wetter war so unbeständig wie auch mein Gemüt, das wie von häufigem Wechselfieber geschüttelt wurde. Meine Blicke schweiften hinaus ins Weite, über grüne Felder, die mit kleinen Seen bedeckt waren, die die starken Regengüsse hinterlassen hatten, ich sah die herrlich sprießenden Kirschbäume und die grenzenlos blühende Landschaft. Ich vernahm die Gesänge von geschwätzigen Staren und die Schreie des Kuckucks, dem Boten des Frühlings. All diese Zeichen nahm ich wahr, empfand sie als Zeichen der Daseinsfreude, Zeichen, die mich aufheiterten, mich atmen ließen, mir Energie und Inbrunst gaben.

Doch kaum zogen schwere graue Wolken auf, sodass der Himmel einer gewaltigen Staubwolke glich und die Sonne – meine heilige Lichtquelle – umhüllte und sie schließlich völlig verbarg, wurde auch ich vom Schatten der Dunkelheit regelrecht eingeengt. Welch ein beklemmendes, nicht zu ertragendes Leid inmitten meiner Selbst! Schauder und Angst überfielen mich plötzlich … –

Der Zugführer sagte den ersten Zwischenstopp an. Hitzewallungen und starkes Beben in den Beinen übernahmen die Macht über meinen Körper. Ich schluckte eine Reisepille gegen Übelkeit und Erbrechen, um mich besser zu fühlen. Dann lenkte ich mich mit einem Gang zum Bord-Restaurant ab. Von einem leichten Schwindelgefühl begleitet, schwankte ich durch die Zuggänge, den Blick straff nach vorn gerichtet.

Im Speisewagen bestellte ich mir einen Salbeitee und aß ein vegetarisches Baguette dazu. Nach etwa zwanzig Minuten spürte ich Milderung. Ich stakste zu meinem Platz zurück und sah, wie die Schaffnerin soeben die Tür des Abteils zuschob. Ich rief ihr „Hallo" hinterher. Sie wartete. Rasch schlüpfte ich ins Abteil, zeigte ihr mein Ticket, schob die Tür hinter ihr zu und zog den Vorhang davor, um abgeschirmt von vorbeilaufenden Leuten zu sein.

Nach über einer Stunde Fahrt nahm ich erneut meinen Schreibblock und den Kugelschreiber zur Hand und legte mir beides in den Schoß. Ich wollte, ich musste mir nun ernsthaft darüber klar werden, was meine nächsten Schritte sein sollten, um mein Selbstbewusstsein wiederzuerlangen, um wieder positiv denken und leben zu können, um meine Angst zu bändigen und überhaupt, um dem ganzen Berlin-Horror endlich ein Ende zu setzen. Mit übereinander geschlagen Beinen saß ich da und stierte auf die leeren Seiten. Ich nahm mein Handy und rief Nanny an, bat sie, mir ein Hotel direkt am Meer zu suchen. Ich musste ja schließlich irgendwo nächtigen.

Das anregende und belebende Gold der Sonne drückte sich durch den wolkenverhangenen Himmel und strahlte mir mitten ins Gesicht. Ich setzte meine Sonnenbrille auf und fing an, eine Tabelle zu zeichnen. Ich notierte mir, wie mich meine Familie und Freunde sahen und wie ich mich selber sah.

Ich wirke:	*Ich habe:*
teilnahmslos, abgestumpft,	*Panikattacken, Schweißausbrüche,*
für andere nicht erreichbar,	*Schlafstörungen, fühle mich erschöpft*
traurig, meist abgetaucht in	*und überfordert.*
Stimmungstiefs,	*Mein innerer Rhythmus stimmt*
oft gereizt, launisch und	*nicht mehr, meine innere Uhr*
schnell aufbrausend.	*ist verstellt!*

Was für eine Bilanz! Ich war nicht mehr die fidele und saloppe Polly. Ich war nicht mehr die, die ich früher war. Ich war das ganze Gegenteil. Dem flüchtigen strahlenden Tageslicht war eine lange pechschwarze Nacht gefolgt. – Waren das vielleicht Anzeichen einer Depression?

Ich verließ das Abteil für einen Toilettengang. Ich blickte tief in den Spiegel und musterte meine schlaffen blassen Gesichtszüge, die Ringe unter den Augen. Ich strich über meine glanzlosen stumpfen Haare und spürte wieder diese Schwächlichkeit im Unterbauch, und dieses fürchterliche Ziehen und die Krämpfe im Unterleib.

Ich sah in den Ausguss und erblickte auf dem Toilettenpapier verschmiertes Blut – meine Regelblutung hatte eingesetzt. Nein! Es war doch viel zu früh – eine Woche zu früh! Ein widerlicher Anblick! Ausgerechnet jetzt, an diesem Wochenende, wo ich mich doch nicht noch mit zusätzlichen Problemen belasten wollte.

Durch die Lautsprecher ertönte das Signal:

„Liebe Fahrgäste! In zehn Minuten erreichen wir Berlin Hauptbahnhof!"

Berlin!! Ich knallte die Toilettentüre zu und raste zum Abteil zurück. Eine Menge von Fahrgästen drängelte sich schon mit sperrigen Gepäckstücken durch den Gang und hielt sich zum Aussteigen bereit.

Wir hatten fünfundzwanzig Minuten Aufenthalt in Berlin. Ich schnappte meine Wertsachen und die kleine Reisetasche, ich musste nun hier auch noch auszusteigen, um mir Tampons und Binden zu kaufen. Ich atmete tief ein, tief aus, ein, aus … eine Panikwelle schäumte wie bei einer Schaumparty in mir auf.

Das Quietschen der Zugbremsen auf den Gleisen schnitt mir schmerzhaft in die Gehörgänge. Endlich, der Zug war zum Stehen gekommen. Ich war so durcheinander, dass ich beim Aussteigen einen Passanten anrempelte und über seinen rollenden Reisetrolley fiel, den ich in meiner aufkommenden Panik völlig übersehen hatte. Ich zog mir Schürfwunden an beiden Handballen zu, in die Asphaltdreck eindrang, sodass nässende Wunden entstanden. Es blutete zwar nicht, aber es brannte ungemein. Ich steuerte im Schnelllauf auf den nächsten Laden zu. Ich lief an mehrere Polizisten vorbei, die junge zugedröhnte Junkies aus dem Bahnhofsbereich verwiesen. Für einen Schreckmoment holte mich meine einjährige Drogenzeit wieder ein. Ich war heilfroh, dass ich die Kurve bekommen hatte und nicht weiter abgerutscht war. Zum Glück war ich bei „einfachen" Drogen geblieben, weder Crack noch Heroin waren im Spiel gewesen. Wer weiß, wo ich sonst heute wäre …

Ich war in einem Buchladen gelandet, wo ich der Verkäuferin meine Handballen zeigte und sie höflich nach einem Desinfektionsmittel fragte. Sie führte mich in einen Aufenthaltsraum mit Waschbecken, wusch mir mit warmem Wasser vorsichtig den Dreck aus der Wunde und desinfizierte sie mit Jod. Ich bedankte mich mit einem liebenswürdigen Lächeln und da ich nun einmal hier war, schaute ich mich noch ein wenig im Laden um.

Kunterbunte Buchhüllen und Zeitschriften stapelten sich und füllten die Regale. Wahllos ergriff ich ein Buch: „*Depressionen bändigen*". Da standen und lagen hier Unmengen von Büchern herum und ich erwischte ausgerechnet eins von Depressionen! Ich spürte, wie ich erblasste. Ängste beschlichen mich im Handumdrehen. Ich hatte mich noch nie mit dem Thema Depressionen auseinandergesetzt. Und hatte es auch nicht vorgehabt.

Ich klappte das Hardcover auf und ließ die Seiten blättern, dass ich einen leichten Wind auf meinem abgeschürften Handballen fühlen konnte. Ich wiederholte diesen Vorgang mehrmals. Die Kühle tat meiner Wunde wohl.

Mein Blick fiel auf das Inhaltsverzeichnis: Depressives Erleben, Depressives Denken, Depression und die Psyche, Depression und die Angst, Körperliche Symptome, Symptome der Depression … Dann blieben meine Augen an einem Vers hängen:

Schlaflos
Aus Träumen in Ängsten bin ich erwacht;
Was singt doch die Lerche so tief in der Nacht!

Der Tag ist gegangen, der Morgen ist fern,
Aufs Kissen hernieder scheinen die Stern'.

Und immer hör ich den Lerchengesang;
O Stimme des Tages, mein Herz ist bang.
Theodor Storm

Dieses Gedicht berührte mich so sehr, dass ich es mir sofort auf ein Stück Papier schreiben musste. Es waren Zeilen, in denen ich mich wiederfand. Ich war neugierig geworden und überflog verschiedene Schilderungen von Betroffenen. Ihre Aussagen bestürzten mich und ich stieß heftig an die Grenzen des für mich Erträglichen. Es schien vielen Menschen, die von Angst begleitet wurden, so zu ergehen wie mir! Das versetzte mich noch mehr in Angst.

Ich spürte wieder meine Menstruation. Das Blut lief und lief. Die Slipeinlage war sicher schon durchnässt. Bis zur Weiterfahrt nach Kiel blieben noch acht Minuten. Ich legte das Buch zurück, stürmte aus dem Laden und rannte in die gegenüberliegende Drogerie. Dort schnappte ich mir eine Packung Tampons, Binden für den Tag und für die Nacht und eine Packung Slipeinlagen. Die ersten zwei Tage war meine Regelblutung immer so stark, dass ich trotz Tampon noch zwei Binden benötigte, die ich alle halbe Stunden wechseln musste. Mich überkamen Übelkeit, Schwindel, absolutes Unwohlsein. Mein Magen drehte sich im Kreis, wenn ich an den Blutverlust dachte – und gleich trat mir wieder das Bild des eingetrockneten verschmierten Bluts vor Augen, das mir Jerez in jener Nacht auf meine Haut gestempelt und an dessen Anblick er sich mit Genuss und Freude ergötzt hatte. – Diese befleckte Erinnerung und das unvergessliche Stigma erstickten mich, es fühlte sich an wie eine über den Kopf gestülpte Plastiktüte mit einem giftigen Nachgeschmack!

Inzwischen waren Slip und Hose gewiss durchtränkt, ich fühlte mich so richtig schmutzig und schmierig und stinkend ... und beobachtet.

Und jetzt überkam mich eine weitere Qual: An der Kasse hatte sich eine riesige Menschenschlange gebildet! Auch das noch! Stur drängelte ich mich an den Kunden vorbei, warf mein Zeug auf das Rollband und bat die Verkäuferin höflich, mich bitte außer der Reihe abzukassieren, da mein Zug in drei Minuten weiterfuhr. Sie tat es ohne Widerwillen und ich verließ eilig den Laden.

Mein Handy klingelte. Ich wühlte in meinem Rucksack danach. – Ach, meine Herzensschwester.

„Schwesterchen! Kann ich dich zurückrufen? Ich wetze eben im Sturmschritt zum Zug und muss dann gleich aufs Klo", sagte ich entkräftet zum Zug rennend.

„Ogee. Meld disch dann!" – Da ertönte auch schon der Trillerpfiff des Schaffners. Ich sprang gerade noch auf und die Türen schlossen sich automatisch hinter mir, der Zug rollte an. Mit Sack und Pack sauste ich zur Toilette, drehte den Riegel und warf mein ganzes Zeug in eine Ecke. Mit Feuchttüchern desinfizierte ich die Toilettenbrille, riss einige Streifen vom Toilettenpapier ab und verteilte es um den Toilettenrand. Ich zog meine Hosen runter und sah auch schon die Bescherung: Slip und Jeans waren voller Blut. Ich grub in meiner Reisetasche nach Wechselkleidung und zog mich auf dem engen Klo um. Den alten Slip wickelte ich in Papier und warf ihn in den Abfallbehälter, die Jeans verstaute ich in einer Plastiktüte. Jetzt fühlte ich mich erstmal etwas sauberer und reiner. Jedenfalls äußerlich.

Beim Verlassen der Toilette krampfte und schmerzte wieder mein Unterleib. Ich stolperte zu meinem Abteil und sah, dass ich nicht mehr alleine war. Am Fenster, meinem Sitzplatz gegenüber, saß ein Mann, ein grauhaariger Mann. Er las in einer Zeitung und telefonierte zugleich. Eine wachsende Nervosität stieg in mir empor. Glattes graues Haar, spitze Nase, schmale Lippen prägten sein Gesicht. Er wurde sofort ein Geschöpf meiner Verachtung, meines Grolls. Ich warf meine Reisetasche auf die Gepäckablage, setzte die Sonnenbrille auf und ließ mich auf meinem vertrauten Platz nieder. Als er sein Telefonat beendet hatte, biederte er sich mit einem anmaßenden Gesichtsausdruck und provokanter Stimme bei mir an.

„*Hallo*, schöne Frau! So allein? Ohne Mann? Wohin des Weges?" – Am liebsten hätte ich ihm die Zeitung aus den Händen gerissen, ihn damit grenzenlos geohrfeigt und in seine dreiste Visage gespuckt. Um mich zu beherrschen und nicht die Kontrolle zu verlieren, bremste ich meine Rachegefühle mit einem tiefen Luftholen ab und verließ mit Sack und Pack wutschnaubend das Abteil.

Meine Handballen brannten, meine viel zu früh eingesetzte Blutung belastete mich, dann dieser aufdringliche Typ, meine Psyche kapitulierte … Was erwartete mich denn *noch* auf dieser Reise? – Ich wollte mal alles ringsherum sacken lassen, wollte ausspannen, den Weg des Heils finden, und nicht *permanent* von irgendwelchen *Schatten* verfolgt werden. Verdammt noch mal! Beengende Niedergeschlagenheit riss mir erneut den Boden unter den Füßen weg. Ich durchstreifte den Zug und ließ mich erschöpft in einem wenig besetzten Waggon nieder, in einem Abteil ohne Schiebetür. Ich stellte meine Reisetasche auf die gegenüberliegende Sitzfläche, um keinen weiteren Reisegast ansehen zu müssen. Meine Augen blinzelten vor Müdigkeit und mein Gesicht fühlte sich heiß an. Doch der Griff zum Handy musste noch sein, Nanny wartete sicherlich auf meinen Rückruf.

„Na endlisch, Bolly! Wo schdeggsde denne?"

„Ungefähr zwei Stunden vor Köln", sagte ich matt.

Nanny gab mir den Namen eines Hotels sowie dessen Adresse. Es befand sich direkt am Hafen, mit Blick über die Kieler Förde. Auch der Zimmerpreis war erschwinglich. Ich war Nanny für ihre Mühe sehr dankbar!

Die Durchsage des Schaffners: „Sehr geehrte Fahrgäste, in zehn Minuten erreichen wir Köln Hauptbahnhof", ließ mich jäh aus dem Schlaf schrecken. Ich hatte von diesem Buch über Depressionen geträumt, das ich flüchtig durchgeblättert hatte im Buchladen vom Berliner Hauptbahnhof. Es war ein so realistischer, greifbarer Traum gewesen, dass ich mich zunächst gar nicht zurechtfand.

Nachdem ich im Buch geblättert hatte, kaufte ich es mir. Es kostete 29,99 Euro. Dann setzte ich mich in die Bahnhofshalle auf eine Bank. Ich klappte das Buch auf, schaute im Inhaltsverzeichnis nach „Angst, Panikstörung, Phobie" und schlug die Stelle auf.

Beim Lesen aber bekam ich noch mehr Angst, die Panik überwältigte mich. Ich zwang mich jedoch, den Artikel weiterzulesen. Mir wurde klar, dass meine Symptome denen einer handfesten Depression entsprachen. Ich fing an zu schwitzen, mir wurde schwindlig. Mit zittrigen Händen klappte ich das Buch zu. Ich wollte aufstehen und zu meinem Zug laufen, hatte aber so weiche Knie bekommen, dass ich zusammenrutschte und zu Boden fiel. Als ich wieder zu mir kam, lehnte ich mit dem Kopf an der Schulter einer alten Frau, einer Frau um die neunzig. Sie war ziemlich kräftig, aber klein. Sie trug ein dunkelgrünes Tuch um den Kopf und ihr Gesicht glich einer Lederhaut, einem chinesischen Faltenhund, einem Shar-Pei. Sie war Deutsch-Türkin. Sie sagte:

„Du bist geworden ohnmächtig. Ich hab geholfen dir auf Bank." Sie streichelte meine Wange.

„Geht es besser?", fragte sie lächelnd. Ich schaute ihr wortlos mit einem Nicken ins Gesicht und war berührt von ihrer knautschigen Haut und ihren tief liegenden traurigen dunkelbraunen Augen – ein Leben, das sich auf ihrer Haut eingegraben hatte. Sie erhob sich langsam, sah mich gutherzig an und sagte zum Abschied zu mir:

„Allah sei mit dir!"

Nach dem Aufwachen spürte ich meine feuchten Wangen, Tränen hatten meine Haut benetzt – es waren Freudentränen. Ich war zutiefst ergriffen, fühlte mich getröstet und war doch zugleich voll Mitgefühl für dieses knautschige, wissende und warme Gesicht. Dieser Traum bewegte mich noch lange Zeit danach, er war so voller Hoffnung gewesen und ich dachte immer wieder an die letzten Worte der Alten: „Allah sei mir dir." –

Ich sah aus dem Fenster und bald waren die ersten Häuser von Kiel zu erkennen. Langsam bereiteten sich alle auf das Aussteigen vor. Ich wartete bis sie das Abteil verlassen hatten und stieg als eine der letzten aus.

Der Taxifahrer setzte mich vor dem Hotel ab und das einzige wonach ich mich sehnte, war eine Dusche …

Ich rief kurz Mama an und bestätigte ihr meine Ankunft. Aufgrund meiner Blutung und des Unwohlseins blieb ich heute auf dem Zimmer. Ich sah vom Hotelfenster aus auf die luxuriösen prächtigen Schiffe im Seehafen, über den die frühe Nachmittagssonne ihre Strahlen warf und mir einen ungetrübten Blick auf das großartige Panorama bot. Ich war hingerissen von diesem Anblick – er gab mir Kraft, und meinem farblosen Innenleben die Möglichkeit aufzutanken und durchzuatmen. Ich ließ mich gern ablenken und schweifte gedanklich in die Ferne. Ich spürte, wie sich allmählich Ruhe in mir ausbreitete, ich freute mich auf die freien Tage. Mein ganzes Wochenende würde aus reiner Faulenzerei, Ruhe, Gelassenheit, aus Spaziergängen und aus Schlafen bestehen. Ich wollte diese Zeit in vollen Zügen genießen, auch wenn sie nur von kurzer Dauer sein würde. –

Das Wochenende in Kiel gab mir Kraft, Kraft, die ich dringend nötig hatte und die ich bewahren und festigen wollte. Ich fühlte mich auf einmal nicht mehr wie ein Boot, das sich langsam mit Wasser füllt und das unterzugehen droht. Auch mein Herz fühlte sich keineswegs verhärtet an, nein, es schien so warm und schlug leise vor sich hin. Vorübergehend hatte ich sogar meine Periode vergessen.

Am Sonntag fuhr ich beizeiten nach Hause. Als Liz gegen fünfzehn Uhr dreißig von ihrer Klassenfahrt zurückkam, fielen wir uns mit einer dicken Umarmung freudig in die Arme. Liz hatte so einiges zu berichten und wir waren einander ganz Ohr, sie war über meinen kurzfristig eingeschobenen Wochenendausflug erstaunt. Wir lachten viel und ihre Augen glänzten bei jedem Satz, den sie von sich gab. Auch für Liz war diese Auszeit ein Erlebnis gewesen und sie sprühte vor Begeisterung. Wenn es Liz gut geht, beschwingt mich dies und mir geht es ebenfalls gut.

Am Abendbrottisch bat ich Liz, sie möge doch ihre Joggingjacke ausziehen, damit ihre Ärmel nicht die cremige Suppe streiften. Ich blickte entgeistert auf ihre vollständig verbundenen Handgelenke. Ganz erschrocken fragte ich:

„Warum hast du Mull um die Gelenke?" – Liz lachte.

„Wir haben Handball gespielt und ich bin gestürzt. Dabei landete ich auf den Händen. Mein Klassenlehrer hat mir ein Schmerzgel draufgeschmiert und die Gelenke mit einer Binde verarztet. Es ist nur eine kleine Verstauchung und bald vorbei. Mach dir keine Sorgen!"

„Na, lass doch mal sehen!", forderte ich sie nach ihrer linken Hand greifend auf.

„Das hat mein Klassenlehrer erst heute Morgen frisch verbunden. Ich mache das vor dem Schlafengehen selbst neu ... – was hast du denn mit deinen Ballen gemacht? Die sehen ja ganz schorfig und grindig aus!", wich sie mir aus.

„Ich bin gestürzt, so ähnlich wie du, es ist aber schon am Abklingen ... Das Gel ist im Kühlschrank. Ich schau es mir eben bevor du ins Bett gehst an", lächelte ich sie aufmunternd an. Ich traute ihrer Erzählung nicht so recht und hoffte, dass sie während der Klassenfahrt auf keine blödsinnigen Ideen gekommen war.

Meine Angst verschlang mich erneut, die aufgetankte Energie verflog in Sekundenschnelle, düsterer Brodem braute sich über mir zusammen. Ich spürte einen schweren Kloß in meinem Inneren, mein Magen verkrampfte, mein Herz puckerte unruhig, ich vernahm heftiges Klopfen in mir. Sollte es mit der Gelöstheit und der Ruhe so schnell wieder vorbei sein? Ich fiel wieder einmal in einen Dämmerzustand und massive Selbstzweifel nagten an mir. Ich glaubte nicht, dass Liz sich die Handgelenke verstaucht hatte! Intuitiv wusste ich es besser und der Gedanke daran, dass meine kleine Tochter sich geritzt haben könnte, begann meine Seele zusätzlich zu zermürben. Woher hatte ich bloß diesen Geistesblitz? Schon am Abendbrottisch war ich skeptisch geworden. – Die Sache ließ mir keine Ruhe. Endlich war es zwanzig Uhr.

„Liz! Ich würde dir gern deine Handgelenke einreiben und dich neu verbinden!"

„Bin schon fertig Mama", läutete Liz' Stimme aus ihrem Zimmer.

„So schnell?"

„Ja. Ich bereite jetzt die Schule vor."

Ich wollte Liz nicht zwingen oder drängeln, mir ihre Wunden zu zeigen. Ich durfte mich jetzt nicht aus dem Konzept bringen lassen. Aber eigentlich wusste ich es schon längst … Durchhalten hieß jetzt meine Strategie, und Geduld aufbringen.

Ihren Klassenlehrer würde ich vorerst nicht darauf ansprechen und fragen, schon aus Prinzip. Gegenseitiges Vertrauen war die Basis zwischen uns. Vielleicht würde sie ja doch noch von allein kommen!

Ich zog mich ins Wohnzimmer zurück und bereitete ebenfalls meinen Unterricht vor. Ich war jedoch abgelenkt und musste immer wieder an Liz' Handgelenke denken. Zwischendurch rief mich Julia an. Hastig und sich selbst überschlagend bat sie mich, Emilian heute über Nacht zu mir zu nehmen. Es war bereits reichlich spät, – und meine Nerven lagen eh schon blank. Ich fing an zu stottern, sagte Julia ab, mit der Begründung, es ginge mir nicht wohl. – Sogar mein Inneres schien überschattet, denn seit einiger Zeit hegte ich eine tiefe Abneigung dem männlichen Geschlecht gegenüber. Zwar war Emilian noch ein kleines Kind, aber dennoch, er war ein maskulines Wesen. Ich war erschüttert über mich, erschüttert über meine Feststellung. Die Zeilen, die ich in diesem Depressionsbuch über Phobien überflogen hatte, schienen sich zu bewahrheiten. Blut und Männer, sogar die winzigsten männlichen Geschöpfe, vernagelten mit massiven Holzbohlen meinen Körper. Panische Angstschübe überkamen mich schlagartig und verschlimmerten meinen Zustand.

Endlich hatte ich die Unterrichtsmaterialien in meiner Tasche verstaut. Kurz vor einundzwanzig Uhr schaute ich zu Liz rein, um ihr eine gute Nacht zu wünschen. Ein schwaches Licht schimmerte im Zimmer. Die bunte Lichterkette, die das ganze Jahr über als Dekoration an der Wand befestigt war, erzeugte eine gemütliche Stimmung. Liz lag mit einem glückstrahlenden Gesicht eingekuschelt im Bett und schlief. Nur ihre Arme schauten hervor. Ich schaltete, wie so oft, ihren CD-Player aus. Als ich die Decke hochzog, verrutschte das Verbandsmaterial an ihren Unterarmen. Ein Schock fuhr mir durch die Glieder, obwohl sich meine Vermutung nur bestätigte – Schnittwunden! Kleine flache Einritzer hatten ihre Haut zwar oberflächlich, aber eben doch auffällig zerfetzt. Die Verletzungen waren deutlich erkennbar – blutig und grindig. Es traf mich wie ein Schreckschuss aus einem Revolver. Ich erstarrte! Liz bemerkte nicht, dass ich neben ihr auf dem Bett saß. Auf keinen Fall wollte ich sie jetzt allein lassen. Meine Grenze war erreicht und die von Liz ebenso. Tränen der Niedergeschlagenheit und Bitterkeit erstickten mich. Erschöpft schlief ich irgendwann an die Wand gelehnt auf Liz' Bettende ein.

*

Am frühen Morgen gegen sechs Uhr kitzelte es an meinem Arm – weich wie ein Weidenkätzchen.

„Mama ... aufstehen!"

Meine Augenlider waren unendlich schwer. Doch blinzelte ich in das sanftmütige Lächeln von Liz und meine Mundwinkel zierten nach oben. Ich plinkerte und mein Blick fiel sofort auf Liz' Handgelenke. Sie wirkten wie frisch verbunden.

Doch ich sah die Einschnitte lebhaft vor mir, ein Bild, das sich tief in meine Seele eingebrannt hatte. Liz verletzte sich, sie tat sich weh! Sie fügte sich Schmerzen zu mit scharfen Gegenständen! Sie verletzte und zerfetzte ihre Haut, ihren Körper, ihr Innenleben. Sie verstümmelte sich selbst. Ich musste dringend etwas unternehmen. Was war ihr Grund dafür? Was bewegte sie dazu, dies zu tun? Lag es an mir? – Mit wem konnte ich darüber sprechen? ... Mit meiner Schwester? Sollte ich ihr jetzt auch noch dieses schwerwiegende Problem aufbürden? Nein, ich verzichtete darauf. Ich musste das Gespräch mit Liz suchen.

„Hast du gut geschlafen?", fragte ich sie gähnend.

„Na, Mama. Du scheinst noch ziemlich müde zu sein! Wieso sitzt du eigentlich auf meinem Bett? Hast du so geschlafen, im Sitzen?"

„Oh ja mein Liebes! Ich muss wohl eingeschlafen sein."

Ich ergriff die Hand von Liz und streichelte sie.

„Du ... ähm ... gestern Abend, als ich dich zugedeckt habe ... ich sah, als der Mull verrutscht war ..." Ich verstummte, Liz schwieg ebenfalls. –

„Weißt du, Liz, ich war zutiefst erschrocken, als ich diese grindig blutigen Ritze an deinen Gelenken sah. Du sagtest, es sei beim Handballspielen passiert."

„Sorry, tut mir leid, dass ich dich angelogen habe. – Weißt du, ich habe gerade eine Auseinandersetzung mit einer Freundin ... und du bist in letzter Zeit auch so anders. Nicht mehr so lustig und witzig, du hörst mir nie richtig zu, siehst nur traurig und erschöpft aus ..." –

Mir blieben die Worte im Halse stecken. Liz war mein Zustand nicht entgangen, warum hatte sie denn nie etwas gesagt? Sie hatte alles so hingenommen, wie die Lage gerade war und hat dabei gelitten, ohne dass ich davon etwas bemerkte.

„Ich wollte dich nie ansprechen. Ich hatte Angst, dich zu fragen, was los ist. Seit du aus Berlin zurück bist, bist du eben anders!", sagte Liz mit Tränen in den Augen. –

Auf diese Sätze war ich nicht gefasst. Es stimmt, ich hatte nur die drei Worte „*es war schön*" über die Lippen gebracht. Ich hatte ihr einen kunterbunten Zirkus mit den imposantesten Tieren vorgeheuchelt, wo doch bloß ein stinkender Kadaver in den Lüften hing.

Erst der Ärger in der Schule, dann mein desolater Zustand, jetzt das Armritzen von Liz! Ich hätte mich auf eine riesige Bergspitze stellen wollen, um *Alles* weit, *weit* hinauszubrüllen!

„Na ja, Mama, ich hab mich danach einfach besser gefühlt, nach dem Ritzen!"

„Ach, Liz. Ich betrinke mich doch auch nicht oder kaufe stangenweise Zigaretten, um Dampf abzulassen. Die Probleme sind doch hinterher immer noch da. Und sie sind da, um geklärt zu werden! Verstehst du, mein Schatz!?"

„Stimmt, das wäre ekelhaft", und Liz nahm mich in die Arme und drückte mich fest.

„Wir finden einen Weg, es gibt eine Lösung!", sagte ich zuversichtlich zu Liz. –

An diesem Tag entschuldigte ich Liz in der Schule und meldete mich anschließend selber krank. Ich wollte die Zeit nutzen, um mich mit ihr über die derzeitige Situation auszutauschen …

Wir unterhielten uns bunt durcheinander, über alle möglichen Themen: Schule, Aktivitäten, soziales Engagement in der Schule, Außerschulisches, Freunde, Familie. Allmählich stellte sich nach verschiedenen Wortwechseln bei mir und auch bei Liz ein Gefühl der Sicherheit ein. Wir öffneten uns vorsichtig einander, wurden nach und nach vertrauter, mehr als je zuvor. Liz erzählte so frei, so spürbar nah, so unversperrt. Ich war nur am Schwelgen. Ich fühlte mich innerlich so dankbar, dass Liz sich mir so unverstellt mitteilte, dabei oft mit einem ungetrübten Blick, schmunzelnd und zugleich wohl lächelnd. Oh, wie ich jedem meiner Atemzüge lauschte – so gelassen.

Liz sagte, sie versuche die Schule als etwas Fortschrittliches und Zukünftiges zu sehen. Von Aktivitäten hielt sie zwar nach wie vor nicht viel und ihre Einstellung dazu war mager. Aber sie war gewillt, sich verschiedene Arbeitsgemeinschaften an der Schule anzusehen und sich von Kreisen fernzuhalten, die nicht humanen Lebenszielen folgten. Sie hatte sich Freunden zugewandt, die in den Tag hineinlebten, die Schule schwänzten, auf der Straße nach Kleingeld bettelten oder in Geschäften klauten. Nein, so wollte Liz nicht enden.

Sie nahm sich vor, wieder öfters ihre Uromi zu besuchen. Wir fassten schließlich den Entschluss, noch heute zu meiner Hausärztin Frau Dr. Fildebraud zu fahren. Zum einen wollten wir ihr Liz' Verletzungen zeigen und ihren Zustand diagnostizieren lassen. Zum anderen wollte ich der Ärztin meine Symptome – die Angst, meine Panik, die Schlaflosigkeit ... – schildern.

Liz und ich wollten das zwischen uns neu aufgeblühte Vertrauen erhalten und nahmen uns vor, künftig Probleme anzusprechen, Meinungsverschiedenheiten auszutragen, bei Disharmonien beide aufeinander zuzugehen. – Auch wenn ich vermutlich einen steinigen und wüsten Weg vor mir hatte, ich wollte nicht weiter in einem Labyrinth umherirren. Und Liz sollte nicht in eine Richtung gehen, wo sie augenscheinlich verwahrloste – das wäre mein Ruin! Es sollte ihr gut gehen. Ich wollte sie lachen sehen und glücklich. Sie befand sich doch immer noch in der Pubertät. Also fasste ich einen Entschluss: Ich würde ab jetzt meine Schwierigkeiten angehen, ich wollte endlich anfangen zu kämpfen, mit meinen Problemen, mit mir, kämpfen, um all das Wirrwarr in mir und um mich zu ordnen.

Liz war noch zu jung, um bereits einem klaren Lebensentwurf zu folgen. Ich fand, dass ihre Freunde ihr nicht gut taten – sie waren gesetzlos, undiszipliniert, hemmungslos. Sie lebten in den Tag hinein, mieden Arbeit und Ausbildung, waren zum Teil vorbestraft und widmeten sich Diebstählen und Schlägereien. Es waren Gefährten, die Liz in ihren Kreis aufgenommen hatten, und die sie gefangen hielten, wie ein Schmetterling im Spinnennetz, während sie einfach mitwirkte, als gehöre sie selbstverständlich dazu. – Die Gedanken an ihren Freundeskreis zersetzten mich förmlich. – Über alles wollte ich mit der Ärztin sprechen.

In aufrechter entspannter Sitzhaltung hörte sich Frau Dr. Fildebraud unseren Bericht an. Dann war es mucksmäuschenstill im Raum. Nur unser ruheloser Atem war zu hören. Allmählich spürte ich, wie sich mein Körper lockerte, bis mein Atem ruhig wurde und leise. Fast unmerklich verringerte sich auch die Anspannung bei Liz und verging schließlich ganz. Eine ganze Stunde hatten wir gesprochen. Wir waren in einen unerwarteten unaufhaltsamen Redefluss eingetaucht. Ich hätte niemals gedacht, dass wir uns einander auf so einer behaglichen Art offenbaren würden. Wir beschrieben unsere aktuellen Empfindungen, Missgeschicke, Niederlagen, Glücksmomente, Freudengefühle. Wir waren positiv überwältigt von dem Gesagten. – Doch mit Berlin hielt ich mich immer noch bedeckt. Ich enthüllte Liz und der Ärztin nur, dass mich dieser gewisse Mann dort seelisch roh und grob sehr verletzt hätte. Ich ließ kein Wort fallen über körperliche Angriffe. Liz fühlte meinen Schmerz ohnehin und sie verstand jetzt mein Verhalten, das monatelang außer Kontrolle geraten war.

Das Gespräch mit der Ärztin versetzte mich in die Lage einer Gefangenen, die unschuldig einsaß, und nach Jahren freigesprochen wurde. Ich hatte mich lange nicht so befreit, so entlastet gefühlt wie jetzt hier im Behandlungsraum. Liz hatte ein Lächeln im Gesicht. Auch sie schien erleichtert zu sein. Uns beiden kam es so vor, als säßen wir in einer Therapie – einer Therapie der Erlösung!

Das Fazit von Frau Dr. Fildebraud zu Liz' Fall war einleuchtend: Wir befanden uns in einer Mutter-Tochter-Problematik, die nur zum Teil auf Liz' Pubertät basierte. Das Vertrauen zwischen uns war gestört, da wir uns zu wenig über die Themen, die uns beschäftigten, austauschten. Außerdem erschwerten soziale Faktoren unsere Beziehung: das Erledigen häuslicher Pflichten und schulischer Aufgaben, und – so betonte sie – das Übernehmen von Eigenverantwortung im Umgang mit Freunden. Aus all diesen Faktoren könnten die Selbstverletzungen eine Folge sein. Eventuell leide Liz aber zusätzlich unter einem Mangel an Serotonin, einem Botenstoff, dem sogenannten Glückshormon. Sie forschte bei Liz nach, ob sie Selbstmordgedanken hege. Doch Liz sagte, dass sie auf der einen Seite viel zu viel Angst habe, sich das Leben zu nehmen und außerdem auch keinen Gedanken daran verschwende, ihrem Leben ein Ende zu setzen. –

Was mich betraf, diagnostizierte die Medizinerin eine manisch-depressive Störung. Ein Befund, der mich nicht versteinern ließ, der mich nicht, wie ein Keil den Holzscheit, spaltete. Ich hatte bereits im Depressionsbuch die Symptome gelesen, die sich auch in meinem Traum widergespiegelt hatten. Sie waren so klar, so konkret, so fühlbar nah! Urplötzlich sah ich wieder

das Bild der alten Frau mit ihrer knautschigen Haut und ihren darin ver-
steckten braunen dunklen traurigen Augen. – Für mich war die Aussage
der Ärztin nur eine Bestätigung.

Frau Dr. Fildebraud sprach sehr wenig, doch was sie sagte war mit so
wohlig gesetzten und mitfühlenden Worten, dass wir uns respektiert fühlten und ernst genommen und verbündet als Mutter und Tochter. Ihre
Worte gaben mir das Gefühl, als striche eine Feder seicht über meine
Haut.

Zum Ende der Sitzung erhielten wir einen Überweisungsschein für den
Psychologen. Als Liz das letzte Mal mit einem Psychologen zu tun hatte,
verließ sie wutentbrannt und die Tür knallend das Wartezimmer. Auch
jetzt war sie nicht erfreut über den Überweisungsschein.

Zu Hause berieten wir darüber, ob ein gemeinsamer Termin beim Psychologen für uns infrage kam. Liz blieb halsstarrig. Trotzdem war sie so voller
Enthusiasmus und Optimismus, sie beteuerte immer wieder, wie froh sie
über den regen Austausch zwischen uns in der Arztpraxis war. Sie knutsch-
te mich fast zu Boden und war einfach überglücklich, dass wir so offen
miteinander gesprochen hatten.

Sah Liz in dieser einen Stunde, *den* Wendepunkt? Glaubte sie, den defini-
tiven Höhepunkt ihrer selbst erreicht zu haben? Auch wenn ich skeptisch
war, ich wollte ihr nicht mit aller Macht einen psychologischen Therapeu-
ten aufschwatzen. Alle zu beachtenden Punkte waren von Frau Dr.
Fildebraud aufgeführt worden, mit dem Hinweis, dass eine weiterführende
Behandlung unerlässlich sei. – Jedoch kann dies nicht unter Druck erfol-
gen, man muss schon selbst dazu bereit sein, einen solchen Schritt in Betracht zu ziehen.

Trotz guten Zuredens entschied sich Liz gegen die psychologische Bera-
tung. Mit leisem Bedauern und einem kurzen Seufzer kehrte ich Liz den
Rücken zu.

Es war ein sonniger Morgen. Ich lauschte einer Amsel, die auf dem Baum
gegenüber dem Küchenfenster saß und fröhlich ihr Lied trillerte. Es dufte-
te nach dem frischen Grün der Wiese vor unserem Wohnhaus, die gerade
von einem Landschaftsgärtner mit einem Wasserschlauch gesprengt wurde.

Liz ging wieder zur Schule. Ihr junges Gesicht sah rosig aus und zufrieden. Kein Anzeichen von Kummer oder Betrübnis zeigte ihre Miene, ganz im Gegenteil, sie spiegelte Versonnenheit und Beglückung. Für mich ein entzückender Atemzug bis in die Zehenspitzen. Ich liebte es, Liz so zu sehen und sie so zu erleben.

Ich spürte den schrittweisen Gang über die *selbstgebaute Brücke*, auf der ich Brett für Brett voranschritt.

Es war eine handgebaute Flussbrücke aus solidem Holzmaterial, starke Bohlen, gediegen und ohne jegliche Schäden. Sie bestand aus einem halbförmigen Bogen und war ungefähr zwanzig Meter lang. Rechts und links befand sich eine Brüstung, die mit hölzernem Schwanenmuster geziert war. Die idyllisch gelegene Brücke war umgeben von Wald, Licht und Grün und die Sonnenstrahlen spiegelten sie im Fluss wider. Die verschiedensten Vogelarten flogen durch die malerische waldreiche Landschaft und verliehen ihr eine anmutige Atmosphäre. Ohne mich am Brückengeländer festzuhalten, war ich bereits bis zur Mitte des Übergangs gelangt.

Überstrahlt von dieser lebendigen Vorstellung schöpfte ich erneut Lebensmut und die Hoffnung wuchs, dass ich gefasst und mit festem Glauben an mich die andere Seite der Brücke erreichen wollte und erreichen würde.

*

Zwei Wochen später, die Zeit war wie im Fluge vergangen, bereitete ich mich auf den Termin vor, den ich mit der Psychotherapeutin vereinbart hatte. Ich musste allein zur Dr. Chantros gehen, Liz hatte ich bis heute nicht überzeugen können, mich zu begleiten. Trotzdem vermittelte sie mir einen sehr ausgeglichenen Anschein. Sie behielt offensichtlich ihre Sicherheit. Täglich tauschten wir uns aus, sprachen über den vergangenen oder kommenden Tag, wärmten uns gegenseitig mit dem Gesagten.

Die Wunden an ihren Handgelenken verblassten allmählich und begannen zu vernarben. Sie zeigte sie mir täglich. Liz vertraute mir. Ich vertraute ihr.

Vom Küchentisch nahm ich den Überweisungsschein und fuhr gegen sechzehn Uhr in die Innenstadt. Ich war nicht sehr aufgeregt. Liz stärkte mich, sie gab mir Kraft.

Ich schwamm in meinem psychischen Rausch. Etappenweise wurde ich von panikartigen Depressionsschüben geschüttelt. Meistens nachts überschwemmte mich in meinen Träumen eine Springflut von Erinnerungen der Nötigung. Doch erwachte ich stets im warmen, trockenen Bett und im Licht des Vertrauens. Ich deutete dies als Zeichen der Zuversicht. Was konnte ich von einer Psychotherapeutin erwarten? – Worte für neuen Lebensmut?

Im Warteraum saßen drei Patientinnen und lasen in Zeitschriften. Ich ließ ein „Hallo" in den Raum hallen, das mit einem murmelnden „Guten Tag" und wandernden, nach oben schielenden Blicken erwidert wurde.

Ich griff ebenfalls nach einer der Zeitschriften, die auf dem länglichen eiförmigen Tisch, der in der Mitte des Raumes stand, ausgebreitet lagen. Nach einer guten halben Stunde wurde ich aufgerufen. Mit kleinen Schritten ging ich zögernd auf den Behandlungsraum zu. Meine Herzschläge wurden hastig und gaben ein Geräusch von sich, das wie grollender Donner durch meinen nun angespannten Körper polterte. Auf dem Weg zur Ärztin begegnete ich einer Schwester, die mich zum Sitzungsraum lenkte. Die Psychotherapeutin saß hinter ihrem Schreibtisch. Sie begrüßte mich mit einem sanften Händedruck und einem fugenlosen Lächeln. Ich setzte mich auf den Stuhl ihr gegenüber.

„Was führt Sie zu uns?", fragte sie einfühlsam. Eine Frage, bei der mir kurz der Atem still stand.

„Depressionen!", antwortete ich kurzerhand. Tränen in den Augen boykot-
tierten mein Weitersprechen.

„Hatten Sie schon einmal das Gefühl von Depressionen in der Vergan-
genheit?"

„Nein!"

„Können Sie mir bitte Ihre Beschwerden näher beschreiben?", forderte
sie mich feinsinnig auf.

„Wegen eines tragischen Erlebnisses … Wegen der Angst und der Pa-
nikattacken … Wegen eines Mutter-Tochter-Konfliktes …", schoss es mit
bebender Stimme fließbandartig aus mir heraus.

Es fiel mir unwahrscheinlich schwer, mit einer fremden Person über
meine persönlichen Beweggründe zu sprechen und mich gewissermaßen
zu offenbaren. Sie sollte meine nächste Vertraute sein? Ein Kloß im Hals
blockierte meine Atemzüge, hinderte mich am flüssigen Sprechen. Ich
schluckte einmal kräftig, um mich von diesem dicken Ding im Schlund zu
befreien. Ich unterdrückte mühsam das Fließen salziger Tropfen über meine Wangen, obwohl ich meine Tränendrüsen ohne Weiteres zu einem
nicht enden wollenden Wassersturz hätte verhelfen können, sodass wir im
Behandlungsraum nasse Füße bekommen hätten. Die Therapeutin beobachtete meine Sprachhemmung und erprobte die Verständigung zwischen
uns. Sie war warmherzig und bedächtig. Ihre Stimme klang sanft und ihr
Erscheinungsbild verkörperte die Ruhe selbst. Ich schätzte sie Mitte vierzig. Sie inspirierte mich mit der Aura ihrer Harmonie. Dennoch würde sie
eine ausführliche Analyse durchführen, um meine Problematik genauestens
zu erfassen. Sie gab mir zu verstehen, dass sie die ersten Stunden für Be-
fragungen nutzen würde, um die Ursache des Problems zu erkennen. Erst
dann könne sie einen strukturierten Behandlungsplan erstellen und mir
gegebenenfalls konkrete Lösungsvorschläge unterbreiten.

Zunächst sollte ich mich einer ausführlichen Anamnese unterziehen. Das
bedeutet, dass ich ihr mein „ganzes" bisheriges Leben erzählen musste. –
Das war leichter gesagt als getan, wer hatte denn schon einen so tiefen
Einblick in mein ganzes Leben? Meine Schwester Nanny vielleicht, und
Celly, die wusste ziemlich viel von mir. – Nur von Berlin, da wusste keiner
alles. Ich zweifelte: Sollte ich mich der beharrlichen Psychologin offenbaren oder nicht?

Sie fragte zunächst die persönlichen Daten ab: Familienstand, Kinder, Familie, Beruf, Hobbys, soziales Umfeld und Krankheiten. Einige Fragen erinnerten mich sofort an die ersten Fragen von Jerez. Ich konzentrierte mich ganz bewusst auf sie, auf Dr. Chantros. Ich sprach sachlich über meine Familie und meine Tochter. Sie machte sich Notizen auf einem Blatt und diverse Kreuzchen auf einem Fragebogen. Ich ließ mich nicht ablenken und befand mich in einer ausgeglichenen Redseligkeit. Ohne Hemmungen, ohne zu stocken redete und redete ich. Ich wusste warum!

Vor einigen Jahren hatte ich die Idee, ein Buch zu schreiben, um verschiedene Lebensprozesse zu sanieren. Ich beschrieb eine Seite nach der anderen. Nicht mit einer Schreibmaschine, nicht mit dem Computer. Ich schrieb mit einem Kugelschreiber. Innerhalb von einem Monat hatte ich hintereinanderweg an die sechzig Blätter vollgeschrieben. Meine Freundin Celly hatte mich immer wieder ermuntert, „alles aufzuschreiben, was dich bewegt". Also schrieb ich, schrieb wie eine Weltrekordlerin, die eine Bestzeit im Marathonlauf erringen wollte, schrieb meine Gedanken, Sorgen und Beziehungsdramen nieder und hielt die verschiedensten Lebensstationen fest. Als mein Handgelenk zu schmerzen anfing und eine Sehnenscheidentzündung die Folge war, stoppte ich in meinem Aufarbeitungs- und Schaffensprozess. Er ruhte mehrere Jahre, doch dann kam der Tag, an dem ich meine Arbeit wieder aufnahm und schreiben musste. Es ruhte aus einem einzigen Grund: Ich hatte Angst, Angst, das Erlebnis mit Jerez mitzuteilen, es zu dokumentieren. Und Angst davor, noch einmal in die Situation zu gehen, sie, wenn auch nur in Gedanken, noch einmal durchleben zu müssen.

Doch noch vor dem Besuch bei der Psychotherapeutin hatte ich mein angefangenes Manuskript wieder aus dem Rollschrank herausgeholt. Alle handschriftlichen Bogen zog ich nach und nach hervor, überflog den Text, blieb hier oder da hängen und verweilte an bestimmten Stellen. Ich legte die Blätter zu einem Stapel zusammen und war dann doch perplex, was ich alles niedergeschrieben hatte; da war ja schon 'ne ziemliche Menge zusammengekommen.

Und jetzt war ich bereit, das Geschehen mit Jerez in Angriff zu nehmen. Ich begann zaghaft das bedrückende Ereignis Revue passieren zu lassen und festzuhalten. Schließlich beschrieb ich alle Facetten in ihrer Einzelheit, die jede meiner Körperzellen geknechtet und tief in mir ein Meer der Verwüstung hinterlassen hatte, ich durchlitt noch einmal das Erlebnis, das mich vor langer Zeit zum Wrack gemacht hatte. Mein Ziel war es, alles aufzuzeichnen, mir das Grauen von der Seele zu schreiben, das Schreckliche, das Unfassbare, das was mich fast vernichtet hatte: Das Kapitel von Jerez!

Da ich meine Lebensgeschichte also gerade aufgefrischt hatte, fiel es mir in diesem psychotherapeutischen Erstgespräch nicht schwer, über verschiedene Etappen meines Lebens zu berichten. Es sprudelte aus mir heraus und ich ließ meinem Tränenfluss immer wieder freien Lauf.

Ich blickte zurück auf meine Kindheit. Meine Großeltern bedeuteten für mich den Himmel auf Erden. Sie trugen mich auf Händen. Bei ihnen verbrachte ich die schönste Zeit. An jedem Wochenende und im Urlaub, egal ob Winter-, Sommer- oder Herbstferien, genoss ich jeden einzelnen Moment in ihrer Nähe, bei ihnen, in Altstädt. – Nun kullerten Freudentränen über meine warmen geröteten Wangen.

Und dann erzählte ich von der Trennung meiner Eltern.

Nanny und ich waren acht und neun Jahre alt, als wir erfuhren, dass unsere Eltern sich scheiden lassen wollten. Sie hatten sich über die Jahre hinweg immer wieder in den Haaren gelegen, hatten sich gerauft und angebrüllt, waren sogar handgreiflich geworden und hatten aufeinander eingeschlagen. Wir Kinder mussten dies oft mit ansehen und erlebten sehr beängstigende Situationen. Trotzdem schlug die Nachricht über die Scheidung bei uns Kinder ein wie eine Bombe und wir empfanden es als Tragödie und waren am Boden zerstört. –

Mama heulte strotzend und litt sehr unter dem Drunter und Drüber. Papa trank häufig und viel. Er kam und ging nur noch nach Herzenslust. Mal übernachtete er bei uns, dann wieder blieb er über Tage für uns wie verschollen. Wir Kinder schienen uns bald an diesen Rhythmus zu gewöhnen und dies als Gang und Gäbe anzusehen.

Einmal, wir waren drei und vier Jahre alt, holte uns Mama nachts aus dem Bett und zog uns an. Wir weinten und greinten vor Müdigkeit, doch ließ sie sich nicht erweichen und brachte uns nach Altstädt zu den Großeltern. – Solche Erlebnisse waren sehr beängstigend, wir wussten nicht, was es bedeutete. Trotzdem liebten wir unsere Eltern und es war für uns eine Katastrophe, dass sie sich trennen wollten.

Tränen der Freudlosigkeit und Bedrückung tropften auf meine linke Hand, die auf der Tischkante ruhte. – Als ich mich ein wenig beruhigt hatte, sprach ich über meine Tochter Liz. Über ihre Geburt, ihren Vater Paul, über ihr Leben bei den Urgroßeltern, über ihren Freundeskreis, die Schule und unsere momentane Situation, unseren Mutter-Tochter-Konflikt.

Und wieder sammelten sich Tränen und rannen über meine Wangen.

Ein weiteres Thema war das Modeln. Ich erzählte über die Anfänge meines Modellebens, sprach über die liebreizenden Momente mit Frauke und schilderte das Kennenlernen Alexanders. Dann kam ich zum Abrutsch ins „Drogenbusiness", die monetäre Abhängigkeit von unseren Männern und das endgültige Aus der Beziehungen.

Ich berichtete von der eigensinnigen und dramatischen Beziehung zu Elena, die mir den Sprung in die Ausbildung zur Europasekretärin ermöglichte, schilderte, wie wir uns verliebten, sprach über ihre grundlosen Eifersuchtsszenen, und wie sie mehr und mehr dem Alkohol verfiel. Hier vergoss ich keine Träne. Ich spürte nur Enttäuschung.

Am Ende erwähnte ich noch meine hinreißende Schwester, die immer ein offenes Ohr für mich hat, immer für mich da ist, und meine Freundinnen Celly, Susan und Marlene, die sich immer wieder mein Trara anhören und für mich stets viel Entgegenkommen aufbringen.

Jerez jedoch blieb in diesem Gespräch unerwähnt. Es hätte mich zu viel Energie gekostet, über ihn zu sprechen.

Trotzdem hatte sich die Therapeutin durch meine ausführliche Schilderung vorläufig ein Bild von mir machen können. Ich wies sie darauf hin, dass es noch andere Geschehnisse gäbe, die meinen Lebensrhythmus gestört und meine Seele zerstört hätten. Doch dies zu berichten hätte ich in diesem ersten Gespräch nicht aushalten können, denn ich wäre in einem Tränenmeer ertrunken oder die angestaute Aufregung hätte ein Seebeben ausgelöst.

Sie sprach mir zu, meine Erlebnisse durch Aufschreiben zu verarbeiten und mich dadurch gewissermaßen zu befreien! Auch sollte ich mir Gutes tun. *Mich sozusagen mit Kostbarkeiten verwöhnen:* ruhen, relaxen, die Natur genießen. Ebenfalls ermunterte sie mich, weiterhin aktiv an mir zu arbeiten. Ich staunte, dass sie mir keine Medikamente verschrieb, sondern mir eine kognitive Verhaltenstherapie empfahl, die würde das gegenwärtige Problem im Hier und Jetzt behandeln.

„Was ist Ihr Ziel? Was möchten Sie erreichen?", fragte sie am Ende der Sitzung.

„Ich will meine Ängste bewältigen. Aus meinem dunklen Loch hochkraxeln, um wieder lebendige Luft zu atmen und das Licht zu erblicken. Ich möchte mich wieder uneingeschränkt bewegen können."

Das Gespräch dauerte eineinhalb Stunden. Es hatte mir sehr gut getan, auch wenn ich das Zimmer mit Zweifeln verließ. Sollte es tatsächlich so einfach sein? –

Über die Hälfte meiner *selbstgebauten Brücke* hatte ich hinter mich gebracht. Mein Atem fühlte sich nicht mehr so verkrampft an, meine Beine waren nicht mehr so wackelig und weich und meine Füße standen sicherer auf *den starken festen Brettern der Brücke*.

Ich wusste jetzt, dass ich die Unterstützung der Therapeutin in Anspruch nehmen würde. Und natürlich mein Manuskript. Es war ein zusätzlicher dicker Baumstamm zu meiner Heilung.

Liz saß im Schneidersitz auf der Wiese vor dem Haus und erwartete mich bereits. Ich setzte mich neben sie und erzählte ihr stolz von meinem Termin. Sie folgte interessiert meinen Worten und nahm meine Freude wahr. Liz erspähte einen Zipfel meines Wohlergehens und ein Leuchten, das in meiner Stimme schwang.

Dann fragte ich sie, wie ihr Tag verlaufen war. Nur Positives kam aus ihrem Munde und sie strahlte über beide Ohren. Ihre Handgelenke waren gut verheilt. In der Schule gab es hin und wieder kleine Knackpunkte, die aber überschaubar waren. Ihr Freundeskreis war ein anderer geworden und änderte sich immer noch, mal konnte sie sich auf die Hilfe und Unterstützung ihrer Freunde verlassen, dann wieder traf sie auf andere, die ihre frohe Lebenseinstellung tief in den Sand gruben. Das musste Liz allerdings selbst erkennen und lernen, ihre Entscheidungen zu treffen. Unser Zusammengehörigkeitsgefühl war das Wichtigste, was ich im Herzen spüren wollte. Liz gab mir dieses besondere Feeling der Gemeinsamkeit.

*

Nach fünf intensiven Sitzungen bei Frau Dr. Chantros, betrat ich *das letzte Brückenbrett*. Ich offenbarte ihr das gesamte Kapitel Jerez. Lachen, Weinen, Ohnmacht, Hass, Verzweiflung, Freude – all das ließ ich während der Sitzung tief in mein Bewusstsein dringen. Frau Dr. Chantros gab sich mit der Oberfläche nicht zufrieden, sondern wies mir den Weg in die Tiefe, in das Denken und Fühlen unterhalb des Bewussten.

Die Ärztin wurde in dieser Zeit für mich eine der wichtigsten Bezugspersonen. Mit ihrer Hilfe fand ich auch heraus, dass unsere Mutter-Tochter-Beziehung auf einer freundschaftlichen Basis beruhte, obwohl ich vierunddreißig und Liz vierzehn war. Heute weiß ich, dass ich Liz in einer Zeit bekam, in der ich noch sehr unreif war, über viel zu wenig Lebenserfahrung und Einsicht verfügte. Viele entscheidende Situationen sind kilometerweit an uns vorbeigezogen, weil ich sie als solche nicht erkannt und gedeutet habe, sind fort, ein für alle Mal davongeschwemmt. –

Ich stehe mit beiden Füßen auf der letzten *Stufe*. Ich sehe ein freies weites Feld vor mir, grüne Wiesen, blühende Bäume und ich höre die Vögel singen und trillern. Ich sehe mich: unbekümmert, ohne Angst, ohne Lähmung. Mit einem kleinen Schritt nach vorne verlasse ich *das letzte Brett der Brücke* – ich spüre Boden, festen Boden unter meinen Füßen und wende die Gedanken der Zukunft zu.

Inhalt

Zeitfracht Medien GmbH
Ferdinand-Jühlke-Straße 7
99095 Erfurt, Deutschland
produktsicherheit@kolibri360.de